東京を生きる

雨宮まみ

大和書房

はじめに

実家のある九州から飛行機で羽田空港に、羽田からリムジンバスで新宿に帰る。

首都高に乗ったリムジンバスから、オレンジ色に光る東京タワーが見える。

毎年、年明けにその光景を見るたびに「今年も帰ってこれた」と思い、ほっとする。

東京は、私にとって「ここでなければならない街」だ。

ここに戻ってこれなければ、私はもう生きることができないのと同じ、戦線を離脱したのと同じだという思いがある。

東京に出てきたのは、高校を卒業し、大学に入学した年だった。

両親は私が東京の大学に進学することに反対し、親戚の中で祖母と叔父だけが、私の進学に賛成していた。

引っ越しを迎えるその日まで「行ってもいい」とは、言われなかった。それでも学費は払ってくれた。

叔父が「貰っとけ」と、五十万入った封筒をくれた。厚い、厚い札束だった。

あんなぶ厚い札束を触ったことはない。


私は進学校に通っていたので、クラスの中で東京や関西の大学に進学するのは「普通のこと」だった。学力があれば、当たり前のことなのだと思っていた。

その「普通のこと」を、私がして何が悪いんだ、とも思っていた。

暗くなる前に帰って来いと言うような厳しい親だったから、東京に私が行くことや、私が一人暮らしをすることが気に入らないんだろうと腹を立てていた。


大学に通うには、奨学金を貰う必要があった。貰うためには、親の所得証明を提出しなければならなかった。

そのとき、初めて親の収入を知った。

自分は、なんということをしてしまったんだろうと思った。行かせたくないんじゃなくて、無理だったんだと、初めて知った。

「普通のこと」なんか、この世にはない。「普通で当たり前のこと」なんか、どこにもない。私が東京で「普通で当たり前のこと」をするために、親は、どんな犠牲を払ったのか。考えるのも恐ろしかった。

あんなに働いて、これだけしかもらえない、それが「普通で当たり前」なのだと、私は知らなかった。

上京して最初の夏、私は実家に帰った。すぐ目の前をＪＲの線路が走る、エレベーターのない公団の四階の部屋だ。

入って、呆然とした。こんなに狭い家に四人で暮らしていたのかと思った。

自分が東京で暮らしている部屋は、六畳で、家具は全部新品で、「狭い狭い」と文句を言ってはいたものの、この家とは全然違っていた。

東京で、田舎で狭い団地に住んでいる家族のことなんかなんにも知らないような顔で、

「都会の一人暮らし」をしている自分が後ろめたかった。自分だけ、なんの苦労もせず、いい思いをしている。ろくに勉強もしていないのに、自分探しのような、得体の知れないもののために、お金を出してもらっていると思った。

九州で、私は「変わった人」だとか「なんでも知ってる」とか言われるのが、すごくいやだった。

私なんか東京に行けば何も変わってないし、東京に行けばなんでも詳しい人が山のようにいて、自分なんかなんでもないんだと思っていた。

自分なんかなんでもないことを知って、頬を叩かれて、「ちゃんと生きたい」と思っていた。

いろんな文化にかぶれて、流行に流されて、はっきり何がいいとか悪いとか言えない自分は、いやだった。何がしたいのかわからないのに、自分のことを特別だと思いたがっている自分も、いやだった。そんな自分は「ちゃんと生きてない」のだと思っていた。

その気持ちは大学を卒業し、フリーターをして、出版社に就職し、辞めてフリーライターになる二十五歳までずっと続いた。

その年まで、私は東京が怖かったし、居場所がないような気持ちでいた。私は何者なのか、言えないでいた。

十八歳で上京し、私は今年、三十六歳になった。

ずっとずっと待っていた瞬間だった。

九州で過ごした年月を、東京で過ごした年月が越えてゆく。

「都会の人」に憧れたわけではない。

故郷に錦を飾りたいわけでもない。

ああやって、恥ずかしいことをして逃げ出してきた故郷に、帰りたくないだけなのだ。

そして、故郷から逃げ出して行く先は、東京しか思いつかない。

ほかの場所でも、どこでも、かまわないはずなのに。

たぶん、理由のひとつは、私の育った福岡という街そのものが、東京に憧れ、東京の相似形を成しているようなところがあるからではないかと思う。

福岡に来た東京の人はみんな驚く。「すごいお洒落な街だね」と。

そして東京に来た福岡の人もみんな驚く。「東京って、汚いし意外とださいんだね」と。

当たり前だ。東京のお洒落なセレクトショップばっかり持ってきたのが福岡だからだ。東京の中で、センスがいいと認められたものは福岡にもだいたいやってくる。しかも東京よりも売り切れる速度が遅いから、ものが豊富にある。考えようによってはこんなにいい街はない。

でも、私はそこにいるのがつらい。

自分は福岡では「お洒落じゃない」と排除された側の人間だからだ。

分相応に上手なお洒落を楽しんでいる、センスのいい福岡の人たちの中にいると、背伸びしてセンスのいいものに憧れてアンバランスな服装をしている自分が、とてもみじめに感じた。

福岡の街に対して、恨みと憎しみに近い気持ちを持っていた。

帰省中、実家から電車に乗って、天神へ行くとき、通っていた高校のある駅を通る。私はその瞬間、今でも目を閉じ、息を止める。燃やしてしまいたいほど、故郷を憎んでいる。

いつか帰らなければいけないときが来るとしても。

帰省すれば、喜んで買いものをするし、地元の食べ物をおいしいおいしいと食べているのに。

故郷での自分は分裂していて、居心地が悪い。


憧れたものは、みんな東京にあった。

自分の価値観や、やりたいことさえしっかりしていれば、どこで暮らしていても大丈夫なのだろう。

私にはそういうしっかりしたものがない。なんにもない。だから東京でなければ生きてゆけないような気がする。

消費の渦の中でもみくちゃにされることが、生きていることなのだと、錯覚しているだけなのかもしれない。


東京の夜景の、ビルの上の赤く点滅する灯りが好きだ。

東京湾にそびえ立つ無数のクレーンが好きだ。

まばゆく光る夜景の中で、そこだけ真っ暗に沈み込む代々木公園や新宿御苑の森が好きだ。

街灯が十字架の形に光る青山墓地が好きだ。

生きている者の欲望のためにいくらでもだらしなく姿を変えてゆく、醜い街が好きだ。

ほかの街では、夢を見ることができない。ほかの街では、息をすることもできない。

そう思いながらも、ときどき東京にいることに息苦しさを感じて、どこかに行きたくてたまらなくなって、知らない街に行くとほっとする。矛盾している。

東京以外の場所にいると、自分が日常の輪郭を失い、何者でもない自由な人間であるような気持ちになる。

その感覚を求めて、さまざまな街を渡り歩きながら生きていったって、いいのだろう。だけど、輪郭をすべて失ってしまうには、まだ早すぎるのだ。はっきりとした輪郭なんて、まだ持てていないのだから。

誰かに、今だというときに、なんの見返りも求めずに厚い封筒を差し出すことが、自分にはできるだろうか。そのような「何者か」に、私はまだ、なれていない。

もしかしたら、そういうことでもないのかもしれない。中途半端なまま、中途半端であることを、しっかりと味わうことを、今はしないといけないのかもしれない。

いや、しなければいけないことなど何もないことが、ただ、こわいだけなのかもしれない。

東京タワーのオレンジ色に私は祈る。

何を祈っているのかは、わからない。

東京を生きる　目次

＊カバー写真

「椿」２０１２年創作
写真：森　豊
モデル：平山素子
ヘアメイク：上田美江子
椿：河村敦子（華道家）

お金

三十歳になったら、バーキンを持つんだと思っていた。二十代の頃の私にとって、東京で働く女のイメージとは「自力でバーキンが買える女」だった。

一生懸命働いていれば、三十歳でバーキンが買えるくらいにはなれる、と思っていた。仕事で成功すること、自立して生きること、女としてかっこよく東京に立っていることの象徴が、「バーキンを持つこと」だった。

まさか三十を過ぎる頃には別のバッグが流行っているとも思わなかったし、三十を過ぎてもバーキンどころかエルメスのスカーフひとつ気軽に買えないような身分のままでいるなんて思いもしなかった。


東京で暮らして、まず狂うのは金銭感覚だ。

少しずつ少しずつ、はっきりとわからない程度に感覚がひずみ始める。六畳の狭くて古い部屋に住みながら、冬は寒くてたまらない古臭いタイル貼りのお風呂場で、タイ王室御用達のジャスミンの香り高いシャンプーで髪を洗っていたりする。

家の中で着るものが毛玉のついた古いセーターしかないのに、セールでラ・ペルラの下着を買っていたりする。そして、そのイタリアの、世界一と呼ばれる下着をしまうのは、押し入れの中に置いたプラスチック製の引き出しだったりする。

そのようなちぐはぐさに、何の疑問も持たなくなる。

東京に来て、私は「お金がなければ、楽しいことなんて何もない」という宗教に入ったのだと思う。

お金がなければ遊べないし、おいしいものを食べることもできない。食事やお茶をするお金がなければ、友達とも会えない。目の前に世界最新の、世界最高のファッションがあるのに、それを手に入れることもできない。今着ている安っぽい服では、一流のお店に入ることすらできない。

ふらりと出かけて、歩き疲れたらどこかの喫茶店に入って、コーヒーを飲みながら本を読む。そういう楽しいことだってあるはずなのに、出かければまばゆいものが目に飛び込んできて、何かを買わずにはいられなくなる。新しい色のリップグロス、限定のメイクパレット、おいしいと評判の、一粒が数百円するチョコレート。そして、歩き疲れて喉がからからに渇いても、お茶するお金もなくなって、へとへとになりながら紙袋を抱えて家に帰るはめになる。

へとへとになって、喉がからからに乾いていても、「お金がもったいないから」と、喫茶店には入らない。

そして、買っても買っても、まだ「手に入らない素敵なもの」のほうが圧倒的に多いことに、疲れ果ててしまう。

大学生ぐらいに見える若いカップルの男のほうが、マクドナルドでクーポンを出して、チキンナゲットが割引になるか訊いている。ならないと知ると、彼はナゲットを注文するのをやめた。彼女の腕には、ルイ・ヴィトンのヴェルニの新色のバッグが提がっている。

貧乏くさい、と内心ばからしく思いながら、好きなだけマクドナルドで食べたいものを食べる私は、ルイ・ヴィトンの商品などひとつも持っていない。

切り詰めて欲しいものを手に入れている人間と、切り詰めず欲しいものを手に入れることのできない人間と、どちらが貧乏くさく、どちらが豊かなのだろうか。

私には、「切り詰めず、欲しいものを手に入れる」生活への憧れしか見えていない。まだ、その程度には若いのかもしれない。幼いのかもしれない。何かが少し狂っているのかもしれない。


高い服を買えば、それに合わせる靴は安いものではいけないと思い、せっかくの服が映えるように素敵なアクセサリーを買わなければいけないと思い、そういうものを身につけている自分が綺麗でなければ何もかも台無しだと思い、ヘアサロンを予約し、高い化粧品を買う。

高いレベルで、何かを維持しようとして、生活の水準をぎりぎりまで下げる。

家賃よりも高い服を買ったことも、何度もある。

東京に来て、私が買った服。イランイランや、ヴィヴィアン・タムや、ダイアン・フォン・ファステンバーグや、イッサや、カルヴェンの服。自宅で洗うことのできないそれらの服を、ときにお金がなくてクリーニングに出すこともままならないことがある。

身の丈に合わない暮らしをしているのだと、笑えてくるときもある。

けれど、これが私の得た戦利品なのだ。

戦利品を意気揚々とまとって、私は出かける。こんなことは、田舎者のやることだ、と思うとおかしくなる。田舎者の見栄以外のなにものでもない。

誰にも見せられない恥ずかしい部屋の、恥ずかしい暮らし。

でも、これが、私の憧れた東京の暮らし。バランスを欠いた、少しだけ狂った、東京の暮らしなのだ。

欲情

三月三日がやって来る。一人暮らしの部屋で何を祝うこともないけれど、申し訳程度に桃の枝の切り花を買って、活ける。花瓶ではなく、水差しにただ挿しただけの桃の花が、蕾《つぼみ》をふくらませて咲き始める。つくりもののような安っぽいピンク色の花が、どこか野暮ったくて私は嫌いになれない。

福岡で生まれて福岡で育ち、私は福岡でセックスをしたことがない。十八歳で福岡を出るまで、男の人と付き合ったこともなかった。

でももし、誰かと付き合っていたとしても、どうだったんだろうと思うことがある。車種とナンバーだけで「昨日、あの店にいただろう」「パチンコに行っていただろう」と居場所を言い当てられてしまうくらいの田舎で、人目につかない場所に逃げ込むことなどできたのだろうか。学校をさぼって市民図書館で本を読んでいるところを、近所のおばさんに見つかってその日のうちには親に伝えられてしまう、そんな田舎で、どこに行けば二人だけのデートが楽しめたのだろうか。

いろんなことに、思いきり鈍感になって、溺れるしかなかったのだろう。見られても平気なのだと、開き直って楽しむしかなかったのだろう。それは、もしかしたら、すごく楽しいことだったのかもしれない。でも、私は、それが嫌だった。親や友達や、近所の人に、恋愛というものを見られることに、私はいまだに慣れない。気持ちが悪い。それは、二人だけの世界のものであってほしいと思ってしまう。

恋愛もセックスも、密室のものであってほしい。誰にも言わないで、誰にも知られない時間を重ねたい。

東京に出てきて、私はいつも、セックスに飢えている気がする。してもしても、まだ足りないような気がする。過激なことを望んでは、ほんとうに満たされることを、もしかしたら自分は知らないのかもしれない、知らないからこんなに求めてしまうのかもしれない、と不安になる。

それで満たされることを知ることが、この世でほんとうの贅沢《ぜいたく》を知ることのように思えてくる。それを知っている人間だけが、貴族のような階級にいて、自分はそこには行けないのではないかと思う。それについて語る資格など、ないような気がする。私のそれなど、ひどく浅瀬にあるものなのではないかと思えるのだ。

自分が満たされていないと思うことはつらい。だから、「好きな人とするのがいちばんいいんだ」とか、こんなに回数をしているとか、こんなにきわどいことをしているとか、そういうことを数え上げたり、良いセックスの基準を決めてそれを信じようとしてみたりする。けれどそれを最後まで信じきれたことなどない。いつも、そんな小さな枠組みを踏みつぶすような、みずみずしい欲望が内側からふと湧いてきて、さっきまで信じていたものの色を、すっかり塗り替えてしまう。

地獄に一緒に堕ちてくれる男と、泥にまみれるようなセックスがしたい。

まだ陽も落ちてない時間の、昭和初期に作られた古いバーのカウンターで、上等な背広を着た総白髪の男が女の背中を撫でている。四十代ぐらいに見える女は、きりりと整えたショートヘアで、サイドの髪をゆるくカールさせ、セットしている。透けるような薄い素材のノースリーブのブラウス越しに、グラスの露に湿った指の温度まで伝わっているだろう。素人には見えないし、玄人なら、特別に上等な類のお店の人だろう。安っぽい風情がどこにもない。美しいと言うのもはばかられる、圧倒的な凛とした色気。女の気配。それを撫で回す、男の指。男の気配。花吹雪を散らす桜の老木のようだ。貴族の階級にいながらも、まだ欲望の赤い靴を履いて、決して踊ることをやめようとはしない人たち。

そういうものを見ていると、自分の知らない深淵《しんえん》が、そこにあるのだと感じる。私なんかの知らない、深い深い快楽の世界が。

そんなもの幻だと、絶対に手に入らないものだと、思いきれたらどんなに楽だろうか。でも、東京ではそれはいつも目の前にある。ひたすらに猥雑《わいざつ》な路地の集積でできた街。そういう猥雑さをひた隠しにした、はるか上空にそびえ立つパークハイアットの薄暗い廊下で繰り広げられる駆け引き。服一枚の武装を剥《は》げばみんな裸の世界で、映画にも、小説にも出てこない、だらしなくただれて汚れたロマンティックな、言葉と声と体温と愛撫のやりとりが毎日、一秒も絶えることなく起こり続けている。

どこかに私の知らない、深い深い快楽がある。それに向かってどのように手を伸ばせばいいのか、私にはまだわからない。でも、きっと、最初はどこかのカウンターで、誰かの手に向かって、手を伸ばすのだろう。

美しさ

ほんものの美にひとが打たれる瞬間を、見たことがある。

新木場に、ageHaというクラブがある。都内ではたぶん、もっとも大きな規模のクラブだと思う。

田舎で暮らしていた頃は、いちばん憧れた都会の象徴が「クラブ」だったが、学生時代にどきどきしながら、お洒落でクラブ慣れしている人たちの中で、ワンドリンクを氷が溶けた最後の一滴まで飲み干して朝まで粘る夜を何度か繰り返したあと、そこはだんだんと縁遠い場所になっていった。音楽は好きだけれど、誰もが自分よりも都会っぽく見える空間に、いつまで経っても慣れなかったし、そこでリラックスして「楽しむ」ということは、到底できそうになかった。楽しさよりも、疲れのほうが強く、重かった。

クラブに行くことを、少しは「楽しい」と思えるようになったのは、大人になり、終電がなくなってもタクシーで家に帰れる程度の財力を手に入れてからだった。それまでは「行ったら最後、どんなに疲れても始発まで我慢して起きていなければならない場所」だったのが、「疲れたり、居心地が悪いと感じたらいつでも帰っていい場所」へと変わった。いつでも帰ってもいい、と思いながら終電で行くクラブは、以前よりもずっと気楽な場所になっていた。

それでも、新木場のageHaは、さすがに「いつでもタクシーで家に帰れる」という場所ではなかった。帰れないこともないが、かなりの出費になる。

新木場には、ageHaのほかには、ほとんど何もない。駅前にあるのはコンビニと牛丼屋だけで、ファミレスや二十四時間営業のファーストフード店すらない。クラブを出たら、行く場所はないのだ。そのような立地の悪条件を埋めるためなのか、ageHaには渋谷との間を往復するシャトルバスがある。終電が終わって、始発が出る前の時間帯、特に三時頃の、ageHaから渋谷へ向かうバスはすぐに予約が埋まってしまい、乗れたことがない。

明け方の、嘘みたいに誰もいない銀座の街並を通り抜けて家へと向かうタクシーのルートはなかなか魅力的だったが、そんな贅沢は、そうしょっちゅうできるものではなかった。だからageHaは私にとって、大人になってからも、どこか敷居の高いクラブだった。でも、おそらく、だからこそ、どこよりも魅力的な場所のように感じてもいた。実際、ageHa のように、屋外にプールがあって、夜明けを見ながら踊れるクラブなんてほかには知らないし、大バコならではの他人のことを誰も気にしない気楽さや、盛り上がったときの爆発するような感じは、ほかではなかなか味わえないものだと思う。自分の好みのＤＪが回すことも多かったし、今でも多い。

何より、とても大きなミラーボールがある。

その ageHa によく行ったのは、二〇一一年の三月末からだ。三月十一日に地震が起きて、一週間ちょっとぐらいの間、都内のクラブは休業していた。示し合わせたようにいっせいに営業を再開したのは、震災後、二回目か三回目の土曜日だったと思う。私はそのときどうしても、ageHa に行きたいと思った。

そんな言葉の似合わない人生であることはわかっているが、もしも死ぬならダンスフロアで死ねたらいいと思っていた。今まで、恥ずかしくて、気疲れしてできなかったチャラチャラしたことをいっぱいしたい、と心から思った。それが私にとっての「生命力」というものだった。遊びたい。遊んで死にたい。そう思ったのは、遊ぶことが子供の頃から苦手だったからだろうか。苦手だけど、それが実は好きでたまらなかったのだろうか。いや、私は「軽やかに遊べる人」になる人生を、もしも生き延びるなら選びたいと思ったのかもしれない。

毎週ではないが、週末の ageHa には、ポールダンサーが出演することがある。メインフロアではなく、長方形に配置されたバーカウンターの四隅にポールが立てられ、たいていは四人のダンサーが、そのポールに手足を絡ませて踊る。

私はクラブに一緒に行くような友達がいなかったし、特にその頃は余震の不安から、深夜に積極的に遠くまで出歩きたい人はあまりいなかったので、その日もひとりで、目当てのDJの音を聴きに、終電で ageHa に行っていた。

メインのDJが回すのは、だいたい判で押したように三時頃からだった。それを待ちながらフロアにいるのに飽きて、バーカウンターのあるほうへ出てきたときだった。ポールダンサーのショーが始まっていた。

土曜で、人気のあるイベントだったせいか、その日は特に人が多く、カウンターの周りは人でいっぱいだった。普段、あまりageHaでは見かけないような雰囲気の人たちが、その日はたくさんいた。

どこかで落ち着きたくて、化粧を直しにトイレに向かおうと人の壁をかきわけていたとき、若い女の子と中年男のカップルが目に入った。

女の子は、ギャルと言っていいのかどうかよくわからないくらいの微妙な派手さで、二十代の前半に見えた。遊び慣れている雰囲気はなかった。男はスーツ姿だったが、おどおどした感じでもなかったので、来慣れた業界人なのか、若い女の子はこういうところに連れて来れば喜ぶものだと思って何も考えずそうしているのか、よくわからなかった。愛し合っているカップルのようには見えず、まだセックスもしてないのかもしれないと思った。

女の子は、背中がくりぬかれたように開いた服を着ていた。そのことを、その開きがどのような形をしていたかまではっきり思い出せるのは、私がしばらく、その女の子の背中をじっと見続けていたからだ。

目の前にポールがあり、ダンサーがいた。特別美しい人でもなければ、スタイルがいいわけでもない、踊っていなければたぶん、普通の女にしか見えない女だった。その普通の女が、ポールダンスを始めた瞬間、この世でいちばん美しいものに変貌する。

女の子は、最初は男となにか話していた。話しながらお酒を飲み、わりと片手間にダンスを観ようとしていた。が、何かを喋りかけたまま、開いた口が止まった。

男は、ふつうの男がそうするように、女を値踏みするような目つきで、ただこのセクシーなショーを楽しむように、ダンサーを見ていた。その横で女の子は、雷に打たれたような顔をして、必死にダンサーを見つめていた。

その子の気持ちは、痛いほどわかる気がした。

彼女は今、はじめて「ほんとうの美しさ」を、見たのだと思った。

生まれ持ったスタイルや顔ではなく、ダイエットや化粧による補正でもなく、ましてや男に受け入れられるための装いやふるまいでなんかあるはずのない美しさ。

本来持っていたものではなく、自力で勝ち取った美しさ。

それを誇らしげに見せつけるポールダンサーは、自信にあふれ、誰にも負けないし、誰とも競わない。人がごた混ぜになったダンスフロアの中で、ただひとり、私は私なのだという輝きを放つ。

そのような美しさのありかたを、彼女は今、初めて見たのだろうと思った。心が震えているのがわかった。


抱きしめたくて、彼女のその背中をしばらくじっと見つめていた。

美しさに打たれるのは、震えるような体験だから。それは、価値観を塗り替えられるような、怖い体験でもあるから。

私がもし、ポールダンサーのような「美しさ」を持った女性だったら、彼女のことを抱きしめることができたんだろうか、と今でもたまに思い出す。

私が欲しいと思っている美しさとは、強さや優しさや勇気や、誰になんと思われようとそのときの気持ちに正直に行動することなのではないかと思う。

空中を逆さに舞うポールダンサーの脚は、世界と自分の間の膜を切り裂くナイフのようだった。

そのナイフは誰のことも傷つけず、ただいつも私たちの頭上で、誇らしく輝いている。

タクシー

私は車を運転できないので、東京の道を知らない。運転免許は取ったけれど、教習中に信号待ちで寝たし、会社の車は運転した初日にパーキングメーターにぶつけた。命の危険を感じるほど、破滅的に運転ができない。

もともとの方向音痴のせいもあって、私の思い浮かべる東京の地図は、鉄道の路線図だ。山手線の円の中か外か、円の中心から右か左か、そういうふうにしか覚えていない。高いところにのぼっても、どちらの方角にどの街があるのか、どのくらいの距離なのか見当もつかない。景色には地名も駅名も書かれていないから仕方がない。とても不便だ。

家の窓から外を眺めながら、ときどき、海はどっちの方角なのだろう？　と考える。わからないけれど、窓から見える景色の先に、海があったらいいなと思っている。そうでなかったらがっかりするから、本当のことは調べない。

天気のいい日に、富士山が見えたらいい、とも思っている。富士山がどっちにあるかなんて、もちろん知らない。いつも「たぶんあっちにあって、今日は空気が澄んでないから見えないんだろう」と思っている。

東京都がどんな形をしているか、私はよく知らない。自分の住む場所がいったいどのあたりなのかわからないから、アメッシュの見方などもちろんわからない。あっても役に立たないので、アプリケーションを削除してしまった。

おかげでよく雨に降られる。小雨ぐらいはどうということもないから、傘も持たずに歩く。「パリやロンドンでは、小雨で傘はささない」と聞いたことがある。私はパリやロンドンに住んでいないし、厳密に言えば「東京の人」でもないのに、あたかも「これが東京の流儀です」という顔をして、かっこつけて濡れながら歩くことにしている。

雨の日はストッキングは着けない。素足なら、濡れたら拭けばいいのだから、素足がいい。傘がなければ濡れて、濡れたら拭いて、そういう簡単なことがいい。

学生の頃は、タクシーに乗ることなんて思いもつかないくらい、お金がなかった。初めてタクシーに乗ったのは、深夜に男の家に呼ばれたときだった。財布にあるぎりぎりのお金でタクシーに乗るほど、男に飢えていた。

深夜に乗るタクシーから見える景色は素晴らしかった。

二十代中盤を過ぎて、もう少し頻繁にタクシーに乗れるようになると、それまでは知らなかった東京の景色を知るようになった。秋に色づく銀杏が思いのほかたくさんあること、誰もお花見に来ないような小さな公園にとても立派な桜の木があること、意外に高低差があること。

特に雨の日の、夜のタクシーが好きだ。フロントガラスの水滴に滲《にじ》む街の毒々しいほど鮮やかな光が綺麗で、いつまでも見ていたくなる。この景色を何時間でもお金で買えたらと思う。

光の滲む通りを抜けて、車が静かな細い道へと滑り込んでゆく。住宅街で降りると、緑の蒸れた匂いがする。自然の匂いは凶暴だ。男に飢えているのは今も変わらない。呼ばれて、深夜にタクシーに乗る。そして、また夜が明ける前にタクシーを拾って、家に帰る。一緒に眠りたいと思えない相手がいる。一緒に眠りたいとすら思えないのに、求める。

その日はなぜか、タクシーを拾う気になれなかった。雨が上がったばかりで、濡れたアスファルトの匂いがした。その匂いをもう少し嗅《か》いでいたいと思ったのかもしれない。自分の家まで歩けない距離ではなかったし、疲れたら途中でタクシーを拾えばいいいと思った。私はiPhoneにイヤホンを挿して、音楽を聴きながら歩き始めた。

大きな道に沿った歩道を歩いた。車道にはけっこうなスピードを出した車がたくさん走っていたが、歩道を歩いている人は誰もいない。道沿いにはいくつか二十四時間営業の店があるから、あまり怖いこともない。

その道を歩いて帰るのは初めてだった。自分にとっての小さな冒険が、とてもうまくいっているように思えて、私は耳から入ってくる音楽を、そっと口ずさんでいた。誰も聞いていないのだから、気分よく、湿った空気を吸って、歌いながら歩いていた。Madonnaの『Express Yourself』を。勇ましい気持ちで、どこにも自分をおびやかすものなどないと思った。私は、ひとりでどこまでも歩いていけるのだと。

いきなり唇の端を叩かれたような感触があった。驚いて足元を見た。飛んできた虫が、口の端に当たって地面に落ちていた。裏返しになって、蠢《うごめ》く脚が目に入り、慌てて目を逸らし、前を向いて早足で歩き出した。

それまでの楽しい気分が裏返しになって、後ろから真っ暗な袋になって、私をすっぽり包んで口を閉じてしまうような気がした。袋の口が追いかけてくるのが怖くて、前だけを見て足を急がせた。追ってくるものの気配にわき腹がぞわぞわした。唇の端に、黒いしみの点がついているように思えて、何度もハンカチで口を拭《ぬぐ》った。いがいがする虫の脚の感触は消えなかった。

数年が経ち、いつのまにか、私の唇の上の虫が当たった場所には小さなほくろができている。いつできたのかわからない。昔はなかった。

その小さな点をじっと見ていると、いつかこの点から、世界がぐるっと裏返ってしまうのではないか、と思う。あのときのように、楽しい気分やこれからの希望に満ちあふれた、きらきらした空気が一瞬にして消え失せて、暗闇が口を開けて自分を呑み込み、まるで夢から覚めたあとみたいな、ただの何もない自分が残るんじゃないか。

歩いてもどこにも行けはしない自分だけが残るんじゃないか。

振り向けば、あの真っ暗闇の袋の口が追いかけてくる。いつでも、どんなときでも、振り返ればそこにあの暗闇が、口を開けて待っている。今は、振り向かなくても、鏡を見ればそこに黒い点がある。暗闇のはじまりの黒い点が。

そのスピードに追いつかれないよう、早くタクシーを拾わなければ。早く、「空車」の赤いランプを見つけなくては。私は目がとてもいいから、まだ大丈夫。まだ、もう少しは、大丈夫だろう。

殻

走る夢をよく見る。マラソンのランナーのように、私は走っている。正確には、走ろうとしている。空気の抵抗が、まるで水中にいるみたいに重く、私は両手を交互に、空を切り裂くように必死で動かしながら、全身で走ろうとする。手を振って、足を上げて、ひとつひとつの動作を確認するようにして前に進もうとするが、思うように進まない。ひどく大げさな身振りで一歩を踏み出すのに、十センチぐらいしか前に進んでいない。スローモーションでもがいているような夢だ。

悪夢というわけではない。ただ、「もっと速く走れるはずなのに」と思う。もっと速く、力いっぱい走れたら気持ちいいのに、と。

何もかもどうでもいいような顔をして、どうでもいいような態度をとりながら毎日を過ごしている。でも、それは本当は何ひとつどうでもよくないからだ。何もかも思い通りになることなんかない。だから、最初からどうでもいいような顔をして、こっそりあきらめることに慣れていく。

そうして、怒りの感情を飼いならし、そんなもの最初からなかったことにする。怒ってもいいのは、立場の強い人だけだ。下っ端の人間が怒っても、クレーマーのようにしか見えないこと、何か別の不満を、そこで吐き出しているようにしか見えないこと、つまり、とても見苦しいのだということを、どこで教えられたわけでもないのに知っている。

見苦しくてもいいから、なりふりかまわず怒る、というほど腹の立つことがあるのかどうか、わからなくなった。何もかもがどうでも良くなかったときの、自分の許せないことが何だったのか、わからなくなった。

家族と暮らしていた頃は、しょっちゅう怒っていた。全力で怒鳴りあったり、叩かれたりしていた。苛立《いらだ》ちを隠すことなく、八つ当たりをして、見苦しい姿を晒していた。そういう自分がいやで家を出たのだから、そういうのはもうやめようと思っていた。最初はなかなか思い通りにはいかなかった。友達に果てのない愚痴を言い、嫉妬や苛立ちを隠せず、消化もできず、道ばたで嘔吐するように何でもそこらじゅうに吐き出していた。吐かずに飲み込めるようになって、自分の立ち居振る舞いは、おそらく、多少は見られる程度に洗練された。

世界中の女の子が憧れる都市は、決まっている。パリ、ニューヨーク、ロンドン、東京。

私はそれらの都市を、身に纏《まと》いたかった。

東京という都市の殻を、自分の身に。

そうするには、自分の身を、削って削って細く、邪魔にならないようにして、そっと都市の殻の中に挿し入れるしかないと思っていた。

その殻を纏えば、自分はこれまでとは違う自分になれる。洗練された人になれると信じていたし、全身で「東京の人」になろうとしていた。

それは、自分のかたちを削っていく作業によく似ていた。悪目立ちするのは田舎者っぽいから、場に溶け込むように、浮かないように。自分の知らない都会の、見えないルールから外れないように。大声を出さないように、感情をむきだしにしないように。

こういうのが「東京の女の子」なのだと思うかたちに、自分を近づけていくのは、楽しいとか苦しいとかではなく、そうすべき義務のようだった。
「東京の女の子」になるために東京に来たのだから。

私は東京に来てから、うっかり方言を使ったことは一度もない。同じ地元の人に「魂を捨てた」と罵倒《ばとう》されたこともある。心の中では、「魂を捨てる気がないなら別の土地になんか来なければいいのに」と思っていた。魂を捨てて、私は何を得ようとしていたのだろうか。

ときどき、何も捨てずにいる人を見かける。喋りたい方言で喋り、怒りたいときに怒り、洗練なんかを目指さない人を。

私の思う「東京の女の子」は、そんな人ではなかったのに、そういう人は、東京の主役のように見える。

何の殻もまとわず、ただ自分自身でそこに立っていて、世界のどこへ行っても、そのままその人であり続ける人。野蛮で美しく、いびつで、でもそのことが洗練そのもののように見える人。

私がなりたかったのは、そういう人ではなかったのだろうか。

東京の殻を纏うことができた、と感じた瞬間、東京で主役になれるのは、殻を纏うような女の子ではないと知った。

長い間喋っていない方言はひどく下手になった。東京に来る前の自分が、どんな女の子だったのかなんて忘れてしまった。

私は今、東京の殻をどうしたら脱ぐことができるのか考えている。東京の主役になんてなれなくてもいい。自分の人生の真ん中を、なんの殻も纏わずに歩きたい。

東京のルールではなく、自分のルールなんてわからなくなってしまった私に、それはとても不安なことで、こわいことだけれど。

でも、もっと速く走れるはずなのだ。

泡

「最終的に何が目標なのか、聞いておきたいんだけど」

投稿雑誌の取材で名古屋に出張していたとき、年上の編集者がそう切り出した。宿の近くの焼き肉屋で、私は網の上で牛タンの端が反っていくのを見ていた。

ライターになって、まだ一年経つか経たないかの頃だった。真剣な話であることはわかったので、うかつなことは言えないと思った。自分は最終的に何がしたいのか考えていると、裏返しもしていない肉から血の赤さがあっという間に失われていった。

「自分の本を出したいです」

やっとのことでそう言った。顔が熱くなった。実績もなければ、文章に自信もない。打ち出せるほどの強いキャラクターもなければ、誰にも負けない得意分野もない。自分がそんな希望を口にするのは、とても身の丈に合わないことに思えたのだ。

その編集者は笑わなかった。

「俺は、編集長になるつもりだから、今だけとりあえずライターをやってて、すぐ辞めるような人とは組みたくない。長くつきあっていける人と仕事をしたい」

彼は極端な偏食で、私の焼いた牛タンには一切手を出さず、カルビだけを食べた。ほんの少し年上なだけだったが、彼は若い頃、いわゆるバブル景気を味わえる場所に出入りしていたことがある、と言っていた。

その後、よく仕事を任せてもらい、いろいろな取材をした。

あるとき、私が「ドンペリを飲んだことがない」と話すと、彼は「あれはそんなに旨いもんじゃない、って言う人も多いけど、それなりに旨いもんだとは思う」と言い、「本を出したら、そのときはお祝いにピンクのドンペリやるよ」と言った。

そして、初めて共著の本が出たときに、重い紙袋を手渡してくれた。「プラチナじゃなくて悪いけど」と言いながら。

恋愛関係はまったくない、気持ちの良い同志からの餞《はなむけ》だった。

ピンクのドンペリは、きれいな箱に入っていた。

寒くなってきた頃、私はコートを着てマフラーをしっかり巻き、赤ん坊のようにその箱を横抱きにして、当時つきあっていた恋人の家に運んでいった。

冷えるまで待って、ふたりで開けた。

そのピンクの飲み物は、ものすごく豊かな香りがした。さまざまな香りが複雑に絡み合っていて、まるですばらしい調香師が作った香水のようだった。

二〇〇〇年をとっくに何年も過ぎた頃で、味のわかる人たちは、ドンペリをバブルの象徴のようにあざ笑い、成金趣味の下品な飲み物だとこきおろしていた。

私には金もなく酒の味もわからない。けれど、こんなにおいしいお酒を飲むことは、あとにも先にもないだろうと思った。

お酒が弱い私は、そのボトルを飲みきれず、残ったぶんは彼の家の冷蔵庫に置いて帰ることになった。その後、彼が私と並行して、何人もの女とつきあっていたことを知った。

彼女たちは、あのドンペリを飲んだだろうか。

飲んでいてくれたらいい。同じ男を分け合ったのなら、あのおいしいお酒も分け合いたい。

今年の夏、お盆の夜に外出した。

お寿司が食べたかったので、市場が休みの築地ではどんなお寿司が食べられるのか？という酔狂な遊びをしてみることになった。

何もなかったら、卵焼きとかっぱ巻きを食べて帰ろうね、もし卵やきゅうりもなかったら、かんぴょう巻きだね、と言いながら、開いているお寿司屋さんを探した。

思ったよりもいろいろなものがあり、妙にありがたみを感じるお寿司を食べたあと、もう少し飲もうということになり、銀座まで歩いた。

相手の知っているバーに行くつもりだった。私たちは知らなかったのだが、そのビルにはバーとラウンジがあり、それぞれ別のフロアだった。そして私たちは、受付の人に「バーに行きたいのですが」ではなく「ラウンジに行きたいのですが」と言って、エレベーターの階のボタンを押してもらった。お酒を飲める場所がふたつあるとは知らなかったのだ。

ドアが開くと、屋上だった。熱帯夜というほどでもない、夜気ですこし冷えた空気が、湿気を纏った圧迫感をともなって箱の中に流れ込んでくる。

肘掛けのついたソファに座ると、右側に東京タワー、左側にスカイツリーが見えた。

明るい地上と、漆黒の夜空の間に、私の大好きな、紫色ににぶく光る都会の夜の境界が見える。

お酒と、一粒がとんでもない値段の、宝石のようなチョコレートをふたつ頼んで、それをかじっていると、黒人のトリオが現われてジャズの演奏を始めた。

演奏は控えめに言っても凡庸で、退屈で、そこがとてもよかった。必死に聞き入らなくてもいい音楽。心を奪われ、疲れることのない音楽。脇役に徹してくれる音楽。ヴォーカルの女性はステレオタイプに黒いドレスを身に纏い、キーボードの男性は中折れ帽をかぶっている。

周りをそっと見回すと、後ろの席にはロシア系に見える、おそらくモデルの女性たちが長い脚を組み、退屈そうに揺らしながらシャンパンを飲んでいた。いちばん隅の薄暗い席では、男女が向かい合って秘密めいたおしゃべりをしていて、私の隣の席では、女性ばかり七人の集団が盛大に飲み食いしていた。みんな、お金や地位のある、お洒落で選ばれた人たちに見えた。

不景気のまっただ中にふと現われる贅沢な空間は、いつでも退廃の匂いをさせている。

ここも例外ではなかった。

すらりとした長い脚のモデルたちがエレベーターに乗り込んで帰っていったあと、隣のテーブルの女たちがテーブルで会計を始めた。予想に反してワリカンで、一人頭いくらになるか iPhone の電卓で計算し、きっちり割って払っていた。

「こんな贅沢して、一人一万五千円だったら、けっこう安いよね」

「けっこう食べたし、飲んだしね」

「また誰かの誕生日のとき、来ようよ。お金貯めて」

「そうしようよ。冬は寒そうだから、春頃がいいかなぁ」

屋上の暗闇ではわからなかったけれど、エレベーターホールの明るいライトの下に立った彼女たちが身につけているものは、小さなバッグだけがブランド品で、服はそれほど良さそうなものではなかった。

飲み物を頼もうとして、メニューをもらうと、ドンペリだけが載ったページがあった。その店では、ドンペリがグラスで注文できるのだ。

高いけれど、決して頼めない値段ではなかった。

成金趣味の下品な、とてもおいしい泡の飲み物。

あれ以来一度も飲む機会のなかった飲み物。

とてもとても貧しくなった東京の屋上で、夜の空気と混ぜて飲むそれは、どんな味がするだろうか。

今ではないと思った。飲むなら、もっともっと、自分が今よりもっとずっと貧しくなったときに。

気つけ薬のように、それを飲むことにしよう。

血と肉

健康は、高い値段で売られている。

初めてひとり住まいをした街には、夜十一時まで開いているスーパーがあった。私はそんな店を初めて見たから「東京ってすごい」と思った。

次に住んだ街には、二十四時間営業のスーパーがあった。

営業時間が長いからといって、特別に値段が高いわけではない。ごく普通のスーパーが、遅くまで、あるいはいつでも、店を開けている。

終電を降りて家に帰る途中、こうこうと輝くスーパーの前を通る。何も見なかったことにして通りすぎ、コンビニで適当なものを買って帰りたいのに、そこを通りすぎるといつも、爪の先ほどの罪悪感が下腹を刺す。

きちんとしなければいけない、まともな食生活を送らないといけない。そうしなければ、あとでひどいしっぺ返しが来る。巨大なスーパーから囁《ささや》き声が聞こえてきそうな気がする。

たまにその声に負けてスーパーに入る。深夜零時を過ぎたスーパーの中には、まばらな人影がある。昼間はあんなにいる子供連れや夫婦はおらず、ひとりで来ている人ばかりだ。

私もその影のひとつになり、自分の手に負えそうな食材を探す。野菜や果物のコーナーを通り、鮮魚コーナー、肉、加工肉、乳製品、お惣菜。どこかの角を曲がればお米や生活用品、お菓子、パン、お酒。

精神が鬱々《うつうつ》としているときには肉を食べるといい、とTumblrで読んだことを思い出して肉を手に取ろうとするが、この時間に置いてある肉はごくわずかで、白っぽい鶏のひき肉、ピンクの豚の薄い肉がぎっしり詰まったパック、など。その中のどれが精神に良い効果をもたらすのかも、それらをどのように調理すれば自分が食べたい状態になるのかも、わからない。

それに、よく考えたら肉は外食でたくさん食べている。野菜を食べなくてはいけない。

野菜売り場に行くと、キャベツの断面が見える。

好き嫌いはほとんどないが、キャベツの芯の味を思い出すと食欲が萎《な》えていく。

自分の不調のすべてが食生活にあるような気がしてくる。低血圧なのは、何を食べていないのがいけないのだろう？　集中力に欠けるのは、どんな栄養分が足りないのだろう？　生きる気力が全体的に欠けているのは、ほうれん草や豚肉を食べれば、どうにかなるのだろうか。

果物ならすぐに食べられる、とやっとのことで思いつくが、スーパーの果物は高い。本当は、明るい時間ならすぐそばの商店街に青果店が二軒もあって、そこでいくらでも安くて新鮮な、色つやのいい果物や野菜が買える。商店街には鮮魚店もあり、料理などしたくなくても、おいしいお刺身が売っている。

明るいうちに買いものに行く手間さえ惜しまなければ、おいしく、栄養のあるものが食べられるのに、その手間を惜しんだせいで、私は五百九十八円もする巨峰を買うはめになっている。

まるで罰ゲームのように、たいして食べたくもない栄養の塊を詰め込んで重くなったカゴをレジに持っていき、何枚ものお札を渡す。

実際に罰なのだ、これは。商店街に行く手間をかけない人間への。少しでも安く新鮮なものを探す手間を惜しむ人間への。普段料理をしない人間への。

健康が欲しいなら金を出せ、と脅迫されるような気分で食材を買い込んだのに、まだこれから料理をしなければ食べられない。あんなに金を出したのに、金だけじゃだめなのだ。信じられない。

私は買ったすべてを冷蔵庫にきちんと入れて、昼間に通りかかって買っておいた銀座の木村屋の栗あんぱんを食べる。

炭水化物と甘いものなら、数百円で最高においしいものがいくらでも買える。

それらは、健康にいいと勧められることは決してない。


巨峰は冷蔵庫の中で少しずつ皮の張りを失い、肉は硬さを増してゆく。ほうれん草は葉先から縮れてゆく。

食べる気なんかなくても、完全にだめになるまで捨ててはいけない。

健康は、私にとって途方もない高級品で、しかも買ったあとも絶え間なく手入れをしなくてはならない面倒な革製品のようなものだ。

昔は、ホテルの朝食のような朝食が大好きだった。

パンと目玉焼き、カリカリに焼いたベーコンかソーセージ、オレンジジュースにコーヒー。

おいしいパン屋さえ近所にあれば、その朝食はわりと簡単に家で作れると気がついたときは嬉しくて、おいしいオレンジジュースを探し、カリカリになる、薄くないベーコンを探したりした。自宅で自分が作るその朝食は、もちろんホテルのシェフが作ったように完璧にはいかないけれど、とてもおいしかった。

けれどあるとき、その朝食が炭水化物と卵と肉でできていることに気づく。「女性は一日に卵を二個以上食べないほうがいい」という情報を得る。野菜が足りない。ぜんぜんいい朝食ではない。

そう気づいてから、私はこの朝食を作ることに喜びを感じなくなった。

健康は食事を最悪にまずくする。

病気になると、自分の何がいけなかったのか考える人がいる。何か健康に悪いことをしていたから、病気になったのではないかと。もちろんそういう場合もあるが、どんなに気を遣い何の非もない生活をしていても、病気になることはある。善人が必ずしも救われない、理不尽な仕組みになっている。

私は健康に関しては悪人だから、何かの痛みや不快感に耐えかねて病院に行くと、ここぞとばかりに医者に説教をされる。「俺はずっと喫煙者だったが、煙草をやめてマラソンを始めた」などと私には関係のない話をされ、出てないお腹を自慢げに見せつけられる。いつから「健康であるための努力」までが、個人の義務になったのだろう。お酒なんか週に一杯も飲んでいないのに、「酒は飲むな」と言われたりするので笑ってしまう。分解酵素がないのだろう。何も悪いことなんかしてないのに、酒に酔う楽しみはあらかじめ私の人生から奪われている。無理矢理飲めば気持ちよくなるのはほんの一瞬で、そこから数時間は吐くものが何もなくなっても吐き続ける苦しみが待っている。

これ以上、何を我慢しろと言うのだろうか。

何かを我慢して、我慢の上に成り立つ我慢だらけの長い時間を生きるなんて、考えただけで具合が悪くなりそうだ。

痛み止めだけで生きていければいい。
健康への投資も努力も私には無理だから、痛み止めだけで。
苦しいひとときをごまかしてくれさえすれば十分だ。
私の血と肉は、いったい何でできているのだろうか。きっと、ひどい成分なのだろう。
そこにはキャベツの芯などひとかけらも入っていないはずだ。

マイ・ウェイ

その夜はラジオを聴いていた。

部屋で、机の上の小さなランプだけつけて仕事をしていた。

歌が聴こえてきた。手が止まった。

藤圭子の歌をちゃんと聴くのは初めてだった。呑み込まれるようにしてつぎつぎと流れる歌を聴いた。その中に『マイ・ウェイ』があった。

天才とか、鬼才とか呼ばれるような才能が欲しいと思っていたことがある。若いときは、自分にはそういうものがない、と気づきながらも、心のどこかで自分自身ですら気づいていない隠れた才能や魅力を、ある日誰かが発見し、発掘してくれ、若くして一躍スターダムにのしあがる、みたいなことを夢見ていた。

東京に行って、渋谷とか代官山とかを歩いていれば、有名なプロデューサーやフォトグラファーがなぜか私に声をかけてくれ、私に何かあると言ってくれるんじゃないか、という妄想は、何度「そんなことあるわけない」と踏みつぶしても、踏みつぶしても、消えることがなかった。

それしかすがるものがないときは、どんなばかばかしい希望でも、消えないものなのだ。借金まみれの人が、今日こそは競馬やパチンコで勝つと信じてお金を賭けるのと同じことだ。

そして、努力は何もしなかった。誰かに目を留められ、声をかけてもらい、チャンスを与えてもらうことを夢見ているくせに、まず見られるであろう容姿を磨く努力すらしなかった。

なのに、妄想の中でスターダムにのしあがった自分は、自分ではないみたいに綺麗になっているのだった。

今の私は、お金がなくて、良い服や良いヘアスタイリストや良いメイクアップアーティストとめぐり会えていないからこんなにひどいだけ、プロの手にかかれば別人のように綺麗になれるはず、この顔も、みにくい部分が個性に見えるようにメイクして髪型も整えれば、素敵になれるはず。

そうして、どこまでも他人任せの妄想にのめり込んだ。現実は、どこまでも退屈で、平凡で、ぱっとしなかった。

いつか才能によって、嵐のようにめまぐるしい波瀾万丈の人生に巻き込まれてゆくのだと信じたかった。

渋谷や代官山、表参道や六本木、原宿や新宿を歩いても、キャッチセールス以外の人から声をかけられることはなかった。自分の隠れた才能を見出そうとしてくれる人など、どこにもいなかった。自己顕示欲だけがぱんぱんに膨らみ、自分から行動するなんて恥ずかしくてできなくなっていた。

結局、私は私以外の人間にはなれなかった。

『マイ・ウェイ』という曲は、なんとなく壮大な歌なのだと思っていた。

だけどその夜聴いた藤圭子の『マイ・ウェイ』は、私にはまったく違ったもののように聴こえた。

「私には愛する歌があるから　信じたこの道を私は行くだけ」

何かひとつの、巨大な才能を持った人は、自分の意思にかかわらずその才能と心中するような勢いで生きるはめになる。そんな人の孤独を歌った歌のように聴こえた。

私はもう、以前のように天才に憧れたりはしない。才能、というもののことを考えることもほとんどなくなった。

文章を書くことには、巨大な才能が要ると思っていたし、才能のない人間の書く文章なんていらないと思っていた。なのに自分が文章を書いている。巨大な才能を持たない自分が、持ちあわせた小さな能力をなんとか使って生き延びようとしている。

自分は天才ではない。けれど、気がつけば書くこと以外の人生を考えられなくなっていた。才能について考えても、文章が上手くなるわけではない。少しでも偉大な才能に近づきたいのなら、ただ書くしかない。絶え間なく、書いて、書いて、書き続ける毎日は、氷の上を歩いているようだと思うときがある。いつ薄氷を踏み抜いて、その下にある刃のように冷たい水の中へ落ちてゆくかわからない。

なのにその氷の道は、まるでしっかりした地面であるかのように表面を土で覆われている。氷が薄くなっている部分は、落とし穴みたいに隠されている。

一歩一歩確かめながら歩いていけば、きっと大丈夫。まっすぐ歩いていけば、きっと大丈夫。方向さえ間違えなければ、安全な道なのだ。

そんな言葉を信じようとするけれど、本当は氷を踏み抜かずに歩いてゆけるかどうかは、ただの運でしかないことを私は知っている。

信じればどうにかなる、努力すれば大丈夫、そんなのは嘘だ。嘘だけど、よりよく生きたいと願うから、人は信じ、努力をする。

ただ薄氷を踏み抜いて死ぬ人生じゃあんまりだから、誇り高くありたいから、信じた道を歩いてゆく。

嵐のような波瀾万丈の人生なんて、もう望んではいない。

「私には愛する歌があるから　信じたこの道を私は行くだけ　すべては心の決めたままに」

藤圭子の歌う『マイ・ウェイ』は、普遍的なことを歌っているようで、ただひとりの誰かの、とても個人的な、秘められた思いを歌っているように聴こえる。

才能とは、自力で選び取り獲得してゆくものなのか、否応なく天から与えられるものなのか。どちらでも、才能があったから何もかも安泰なんていう人生はない。生きているあいだじゅう、誰も生きることの苦しみから逃れることはできない。

それを望んだにせよ、望まなかったにせよ、背負わされた重い荷物を「自分で決めたことだ」と、誇り高く受け入れてほほえむ。藤圭子の『マイ・ウェイ』は、その夜、そんな歌のように聴こえた。

気高く孤独で美しく、同情など寄せつけはしない。目の前の一歩を、ろうそくの小さな灯で照らすような歌でもあり、遠くにきらきらと光る、進むべき道の先にある何かが見えるような歌でもあった。

ささやかで、個人的で、だからこそ数千年先の孤独を射抜くひとすじの光の矢のような歌だ。

まるで私のための歌のようだった。

他の誰にもなれないのは、私でも、素晴らしい才能を持つ歌手でも、同じなのだ。

訓練

東京都庁のすぐそばに、ホームレスがたくさん住んでいる公園がある。都庁へ向かう通路にも寝ている人がいる。炊き出しがある日には、こんな人数がどこにいたんだろう？　と思うほど大勢の人で行列ができる。その公園には桜の木があり、春は花見客で賑《にぎ》わう。ブルーシートをかけた荷物の影に、自らも荷物のように気配を消して寝ている人と、お酒や食べ物を持ち寄って大声でしゃべったり笑ったりしながら桜の花を愛でている人。お互いに、お互いが視界に入らないように、そっと目をそらす。私はこの公園の中を歩くとき、人の家の中を勝手に歩いているようで居心地が悪い。

東京はこわい、東京の人は冷たい、とよく言われる。東京に出てきて、私は知らない人から頻繁に声をかけられることに驚いた。「手相の勉強をしているんですけど」「美容師やってるんですが」「モデルとか興味ないですか」。私はキャッチセールスの存在を知らなかったし、「アンケートに答えてもらうだけでいいですから」と言われてどこかに連れ込まれ、ローンを組む契約書にサインをするまで帰らせてもらえないなんてことがあるとは思いもしなかった。

そういうことを何度か繰り返していると、知らない人のことは無視するようになる。

誰かに話しかけられて平然と無視できるなんて東京の人は冷たい、と思っていたが、それは違う。あれは最低限の自衛なのだ。無視できない気弱な人間から餌食《えじき》にされる。

電車の中でおかしな挙動をしている人がいれば、みんな目を伏せて携帯電話の画面を見るか、寝たふりをする。ずっとひとりごとをぶつぶつ呟《つぶや》いている人、誰かと話しているわけではないのに怒鳴っている人、ずっと車内をうろうろと歩き回っている人。目を合わせたら絡まれるし、席を立って移動すれば刺激してしまうかもしれない。誰に教わったわけでもないのに、気づかないふりをしてやり過ごすのが最善だと、誰もが思っている。

たまに、この電車は○○駅には停まりますか？　と知らない人に聞かれて、答えることがある。教えて、「ありがとうございます」と言われると、知らない人と話ができたことが嬉しく感じる。

旅行でいろんな場所に出かけたけれど、東京は知らない人と話をするハードルがかなり高い街だと思う。

トラブルを避ける訓練ができているのだ。

とてもばかばかしい光景を見ることも多い。

電車の端っこの席が空いたら、誰にもそこを取られないように素早く移動する人。電車のその席が、そんなにいい席なのだろうか。ただ、片方に人が座らないというだけなのに。

東京は人口が多すぎて、人と人との距離感がおかしい。接近しすぎる場所ばかりなのに、誰もそんなことに慣れることはできないから、たかが片方に人が座らない席がすごく貴重なものになる。

他人と密着することなんて耐えられない。だから、他人を「人間」と認識する機能を鈍らせてゆくしかなくなる。人だと思わなければ耐えられる。人だと思わないからぶつかっても謝らない。無理矢理押して電車に乗る。痴漢なんかも平気でする。

隣同士に座っていたサラリーマンと学生が、腕が当たったとか当たらなかったとかで怒鳴り合っているのを見たこともある。腕が当たったのが、怒鳴るほど腹の立つことなのか。

訓練が過剰だから、それを破る人間への苛立ちや憎しみが、何倍にも増幅される。訓練された通りにふるまわなければならない時間が長すぎるから、ほんの些細《ささい》な切れ目が入っただけで爆発する。どんなに混雑していても、東京ではエスカレーターの右側に立つ人はいない。右側をあけずに両側に立ったほうが人数をさばけるということはわかりきっているのにそうしない。ルールを知らない人間だと、誰かに怒鳴られるのがこわい。

疲れているのだ、とても、とても。自分はきちんと訓練された通りにしているんだから、迷惑かけないようにしてるんだから、自分には迷惑をかけないでくれ。怒鳴るならルールを破ってるやつを怒鳴ってくれ。自分よりラクしているやつなんか、恵まれているやつなんかいっぱいいるんだから、何かをかすめ取るならそいつからかすめ取ってくれ、と、みんな思っている。優しさや気遣いなんて余分なものは、自分より余裕のあるやつからもらってくれ、と。

東京を出ると、人と人との距離の広さに安心する。明らかに気分のありようが変わる。

疲れはただ、個人のものになる。自分がたくさん歩いて疲れたとか、考えごとをしていて疲れたとか。見知らぬ他人の集団のせいで疲れたと思うことはぐっと減る。

でも、そういう感覚に慣れてしまったら、東京に戻れなくなるような気がして、こわい。東京そのものよりも、東京の距離感や東京のペースを忘れることのほうがずっとこわい。離れていても、生きてはいけるはずなのに。

早く戦場に戻らなければ、という気が、いつもする。どこにいても、何をしていても、とても楽しいところにいたとしても。

真っ赤な東京タワーに、白い胞子《ほうし》のようにいくつもパラボラアンテナがついている。不規則に、ところどころに固まって。東京を出るとき、高速道路から東京タワーを見ると、それが本当に胞子に見える。

東京タワーを追い越し、タワーが視界から消えたその瞬間、あっという間にアンテナの胞子が増殖し、タワーを真っ白に覆い尽くす想像をする。

振り向けない。振り向けないけれど、胞子が高速を伝って追ってくる。海を渡れば逃げられる。けれど、レインボーブリッジの手前で足首を掴《つか》まれる。からだが半分、白い胞子で覆われる。四分の三、九十パーセント、九十五パーセント、九十八パーセント。呼吸が止まる。

そうなる前に、足首を掴まれた瞬間に足首をブーツから抜いて逃げるイメージを思い描く。掴まれたときに、うまく逃げられるように。

そんなことは起こらないのに、頭の中で何度も、避難訓練のようにその映像を繰り返しイメージする。

逃げたいのに、早く帰りたい。

東京という街に対して、どういう態度でいればいいのか、正しい答えがわからない。訓練はできない。身構えられない。たぶん、本当には、逃げることなんてできないような気がする。

東京って、どんな街なんだろうか。ときどき、まるで知らない街を思うようにそう考えることがある。

どんな街なんだろうか。どんなふうに生きれば、呼吸がしやすくなるのだろうか。

努力

会社に通わなくてもいい身分になったとき、地面に触れている両足から、じわじわと熱がのぼってくるように嬉しかったのを覚えている。

実際は、貯金もなく、すぐにアルバイトを始めなくてはいけなかったけれど、私は半年ほど経ってアルバイトを辞め、自宅で原稿を書く仕事だけをしていればいい身分となった。

子供の頃、大人になるのは嫌だなぁ、働くのは嫌だなぁと思っていた。将来に夢などなかったたし、歳を取るごとに難易度の高い受験が待っていて、最終的には就職活動というものがあり、そこまでやっても人生はまだ続くということが信じがたかった。

あの頃のまだ小学生の自分、働くといえばスーツを着て早起きして電車に乗って、教室にいるのと同じくらいの大勢の人とうまくやっていかなきゃいけないと思い込んでいた自分に、「家にずっといてもいいお仕事もあるんだよ」と言ってあげたら、どうするだろう。

赤いランドセルを背負って、図書館で借りた本の続きを読むのを、家に帰るまで待ちきれなくて歩きながら読んでいた私に、夕陽に照らされてどこまでも広がっている稲刈りがすんだあとの田んぼの中を走って、用水路を飛び越えようとして落ちて教科書が全部なみなみになってしまった私に、そう言ってあげたら、たぶん冷静なふりをして「それ、どんな仕事?」と聞き返すと思う。

小さい私は、未来からやってきた私を見て、「でも、それはおねえさんだからできる仕事だから。私にはできないから。そういう、芸術、みたいなの、私、才能ないし」と、言うだろう。

一日中家にいてもいい、と言われても、「そんなのは、なんか、ちゃんとした大人じゃないんじゃないかなぁ」と、心許《こころもと》ない気持ちになっていたかもしれない。

家に帰って、両親に「一日中家にいてもいいお仕事があるんだって。私、それがいいな」と言ったら、「まーた、あんたはなまけることばっかり考えて」と笑われていたかもしれない。

私のなまけ癖は、小学一年生のときに発露した。

小学生の頃の私は、勉強ができた。学校でやっていることは簡単すぎて、ひまだった。漢字なんかもう覚えているのに、漢字練習帳に百回も二百回も書く宿題が出ることに、納得がいかなかった。

覚えてるんだからいいだろう、と思い、あるとき、漢字の書き取りの宿題に、一字ごとに「、」を打って出した。

先生はそれを見て、「こんななまけ者は見たことがない」と言った。私は恥ずかしくて真っ赤になった。

先生はだませないんだなぁと思ったし、したくないことがあっても我慢してしなきゃいけないんだなと思った。

我慢して、六年間宿題はちゃんとやった。その代わり、授業中には教科書に隠して赤川次郎を読んだ。

うまく隠していたつもりだったのに、通信簿には「授業中に本を読んでいることがあります」と書かれていた。

先生はだませないんだなぁ、とまた思った。

「本をたくさん読んで、あとは寝ていたい」

私の願いはそれだけだったのに、そういうのは怒られることだから言ってはいけないような気がしていた。

なまけ者の考えだから。そういうものは人に受け入れられるものではないから。

高校に行くと、早朝に補習があり、夜が明けないうちから学校に行かなくてはならなくなった。

毎日毎日眠くてたまらなくて、学校にいる時間が長いから、昼食だけでは足りず、いつもお腹がすいていた。

家は団地で、家族四人で住むには狭く、家でもひとりきりになれる時間はなかった。素敵な暮らしがしたい、と想像することもあまりなかった。いいな、と思うけれど、それが自分のものになると考えたことがなく、憧れるものはいつも濃い霧の中にあるみたいにぼうっと光って見えた。

何かを我慢すれば、何かが得られる。我慢して勉強すれば、いい学校に入れる。そう思っていただけで、いい学校に入れた先はどうすればいいのかなんて考えたこともなかった。

　東京の大学に進学して、一人暮らしをすることになった。自分だけの、いつ何をしても誰にも何も言われない部屋があるのは初めてで、ときどき叫びそうになるほど嬉しかった。叫ぶような強烈な喜びではないけれど、休みの日にぼんやりベッドでごろごろしながら本を読んでいたりすると、自分の身体の中を流れる血液がきらきらと光り出すような気がした。

　卒業して、私はふっと糸が切れるようにフリーターになった。自分にできることはアルバイトぐらいしかない、と思っていた。手書きで百通も履歴書を書くなんて、受験以下のことのように思えた。漢字練習帳。あれと同じだと思った。

　あほらしいことに関わらずに生きていこうとするのは、けっこう難しいものだ。

　就職したほうがいいのかな、と思ったのは、フリーターではお金がぜんぜんなかったからだった。会社に入ると、バイトよりもいいお給料がもらえた。仕事がめんどくさいのはどこでも同じだから、少しでもめんどくさくない仕事をしたらいいんじゃないか、と思って会社を辞めた。

そのときどきで、面白いことはあったし、こうしたい、こうなりたいという向上心もそれなりにある。嫉妬心が強いから、妬むくらいなら乗り越えたい、と思う。だけど、本当はすべてがめんどくさい。嫉妬することですら、いちいちそれを処理していかなければならないなんて、めんどくさすぎる。心はこちらの意思とは関係なく、絶え間なく動き、美しいものに吸い寄せられ、醜いものにショックを受ける。お腹がすくのと同じように、快楽や美しさをくれとうるさくわめきたてる。つらければいつまでも泣いている。聞き分けのない子供を飼っているようだ。

私は本を読んで寝ていたいだけなのに、たったそれだけのことのために、意外とがんばらなければいけない。心穏やかに、本を読んで眠るために。

誰も、もう「なまけ者の考えだ」とは言ってくれない。みんな、あきれて、遠巻きにちらりと見ていくだけだ。

私は、働くのやだなー、がどんどん強くなって、生きてるのやだなー、と思えてきた。働かなくていいほどの大金が手に入ることは滅多にないであろうから生きてる限りずーっと働かなくてはならない、と考えると、何のために生きてるのかわからなくなる。何のためも何も、ただ生きてるだけなのだが、なまけ者の考えでは、生きてることは、本当にめんどくさい。

未来のことを考えると憂鬱になる。息が詰まりそうだ。

未来のことさえ考えなければ、私はとても幸せだ、と思う。ときどき、寝転がって本を読んでいればいいだけの一日がある。

「でも、毎日だったら飽きる」なんて、私は思わない。生きることに、そんな負け方をしたくない。

なまけ者に罰があるなら、これからゆっくりと時間をかけて、それを味わってゆかなければならないのだろう。

だけど、私は、本を読んで寝てるだけの人生がつまらないなんて絶対に思わない。

退屈

弁当屋の外に、弁当が出来上がるのを待っている女がいる。晴れた日なのに風は冷たく、女は立ったまま両腕で自分を抱きしめるようにして、小さいトートバッグを肘にかけている。素肌の見えない黒いタイツにローヒールの黒い靴。紺色のベストに揃《そろ》いのスカート。唇にはひと時代前のフューシャピンクの口紅。リップラインを紅筆でしっかり引いて、前髪をうすくおろしている。

女は、口紅の色と髪型が、どこかの時代で止まってしまうことを恐れる。若いときは、自分の若い頃の時代を引きずって顔にはりつかせ、周囲に丸見えの形で引きずり回している女のことを、みっともないと思っていた。

私は「美しい」ということを理解するのが、人よりも遅かった。

家でテレビをあまり見せてもらえなかったし、両親が芸能人や、近所の人に対して「あの子はかわいい」とか「かわいくない」とかいう評価を下すのを聞いたことがなかった。

中学生になって初めて、自分が仲良くしていた近所の友達が「ものすごくかわいい」

という評価を受けているのを聞き、ああ、そうか、と思った。私にとっては、友達はただ、友達の顔をしているだけで、それがかわいいとかかわいくないとか、考えたことがなかった。

自分が一度もいいと思ったことのない、テレビに出ているアイドルが、男からも女からも「かわいい」と言われていることも知った。

知っても、どうにもならなかった。「この人は、かわいいか、かわいくないか」という判断が、私にはできなかった。みんな同じように見えるのである。もちろん顔が違うのはわかるのだが、特別に誰かがかわいいとか、好きだとか、そういうことはわからない。みんなが一瞬にして、誰かに向かって「かわいい」とか「かわいくない」とかの判断を下すのが、すごいと思った。自分は受けてこなかった訓練がどこかで行われていて、みんなそれを受けていたのだった。

かわいさを理解できない女は、かわいさを装うことができない。

今でも、人の美しさを判断するのには時間がかかる。その人に対する好悪の感情とは別に、ぼんやりと好ましいような嫌なような妙な感覚があって、数回会ったあと、帰宅して眠りにつく直前くらいになってふと「ああ、あの人の顔は、きれいなのだな」と思ったりする。「あのもやもやしたものは、顔がきれいだということに対して感じていたものだったんだ」と。

その人が感じの良い人であれば、その美は好ましく、その人が嫌な人であれば、その美は醜悪に映る。好悪が美をはるかに凌駕《りょうが》するし、顔のつくりなどはその人のごく一部でしかない。

でも、私には、厳密な意味での「好悪」も、じつはよくわからないのだった。

好きなもの、と言われて思い浮かべるのは、自分の中での評価が確定したものだ。何があろうと絶対に評価が変わらないもの。そして、私の心をかき乱さないもの。それが私の「好きなもの」だ。

時々、心の深くまでえぐり取るようにして入り込んでくるものがある。そういうものに触れたとき、私は最初、強い嫌悪感を示す。不愉快だと感じるし、例えばそれが音楽ならばすぐに音を止めたりする。

そして、何日もの間その音が離れず、何かのときにもう一度耳にすると、不快でたまらないのに惹き付けられ、まるで憎むようにして好きになる。

好きでいる間は、近づきたくてたまらず、どうすれば満足なのかわからなくなる。苦しくて、つらくて、たとえ全財産をつぎこんでも、生きている時間のすべてをそれに捧げても、満たされることなどないように思える。

それを「好き」か、と聞かれると、私は答えられない。こんな醜い、嵐のような気持ちが、「好き」だと言えるのだろうか。「好き」というのは、もっと穏やかで、優しい気持ちではないのかと思う。

でも、その穏やかな「好き」よりも、激しく揺れ動き、私を苦しめる感情のほうが、どう考えても強く私を支配している。自分の中で、もっとも強い感情がそれだ。

これが、本当の「好き」という気持ちなのだろうか。

「好き」ということを、私はまだ、理解していないのかもしれない。

いつになったら、季節ごとに服を買い替えるような生活をやめられるのだろう。すぐに夢中になり、すぐ飽きてしまう生活をやめられるのだろう。長く愛せるものだけを選び取れるような生活をできるようになるのだろう。

長く愛せるものがどんなものかは、わかっている。それを決して、嫌いになることはない。飽きたりはしない。けれどそれは、退屈なのだ。

すぐに飽きてもいい。つまらなくなっていい。手に入れたことを後悔してもいい。それでもいいから新しいものに夢中になりたい。刺激が欲しい。刺激が欲しい。刺激が欲しい。

お金がすっかりなくなるまで、ばかみたいな散財を続け、時間を浪費したあとでやっと、本物の輝きとか、色褪《あ》せない魅力とか、定番の強さが見えてくる。

そうなるまでは、目の前がチカチカ、キラキラして、何も見えない。苦しくて、苦しくて、楽しくてたまらない。

そして終わったあとは、虚しくて、どうしてあんなことをしていたのかわからなくなってしまうのだ。

いつか私も、私の時代で髪型と口紅の色を止めたまま、生きていくことができるようになるのだろうか。

私には、弁当屋に立っていたあの女がまぶしく見える。彼女は私などよりもずっと賢く、高いところに立っているように見える。

静止していて、無駄な動きがない。いらないものに夢中になったりしない。

本当の愛とは、静止しているのだろうか。

六本木の女

今の部屋に引っ越す前、土曜の夜、発作的に六本木に行くことがよくあった。お酒が飲めないので、一人で飲みに行くわけでも、誰かが待っていて一緒に週末の夜の食事をするわけでもなく、ただなんとなくぼんやり過ぎてしまった一週間を振り返って、夕方ごろから焦りだし、何かしなくては、と、とりあえず電車に飛び乗るのだった。

六本木ヒルズでは週末、深夜まで映画をやっているし、ミッドタウンでは夜九時まで開いているお店で買いものもできる。一週間の埋め合わせの映画や買いものは、そんなに心躍るようなものではない。ただ、それをしなければ何もない一週間になってしまうという焦りに突き動かされ、閉店に間に合うか、映画の時間に間に合うかぎりぎりの時間に、ようやく眉と唇だけを塗りつぶし、早足で家を出ていた。

新宿駅から、六本木方面行きの都営地下鉄大江戸線に乗ると、いつも色々なタイプの派手な女を見かけた。その時間の六本木行きの地下鉄が混んでいることはない。私はじっと、向かいに座った女を観察する。それは、いつも、同じ女ではなかった。あるときは、四十代のやたらと身体が細い女が、冬の始まりの寒い頃に、夏にはくような薄手の白いパンツ、半袖のニットにファーの襟巻きを巻いて乗っていた。濃いサングラスをかけた横顔を、くるんと綺麗に巻かれた、カラーリングしたてのようなつやつやのブラウンの髪が彩っている。十センチは確実にある白いエナメルのプラットフォームシューズを履いて、小さなジミーチュウのバッグを持っていた。何をしている人なのか見当もつかなかったが、誰かに会いにゆくのだということが態度から見え隠れしていた。仕事をしている女にはあまり見えなかった。気が強そうな顔をしていた。

何かに少しいらついていて、それがさまになっていた。傲慢やわがままが似合う女だった。

あるときは、三十代後半の、背が高くてふくらはぎにちゃんと肉感のある女が向かいの席に座っていた。薄手のウールの、ネイビーのピンストライプのパンツが脚にぴたりと張り付き、長く魅力的な脚を強調している。シャネルのものと思われるシルバーとグレイの複雑な色味のツイードのジャケット、中には白いシャツ。膝の上には、革がピカピカしているプラダの新作の黒のバッグ。つま先のとがった、黒のエナメルの靴を履いていて、ストレートで量の多い黒い髪が、長めのボブに切りそろえられていた。完璧な化粧をしているが、肌がとても疲れているのがわかる。仕事をしている女だと思った。年齢以上の威厳、重さのようなものを発していた。

電車の中で見かけて、はっとするような女はみんな、六本木の駅で降りてゆく。都営大江戸線の六本木駅は、黒い大理石と、金色の壁が基調になっている。真っ黒の円柱の柱に、金色のプレートが貼られ「六本木」と書いてある。二〇〇〇年にできたのに、バブルを引きずったようなデザインで、その悪びれない愚直な、ださい「高級感」が、私は大好きだ。

彼女たちは、案内版などには目もくれず、複雑な構内を我が物顔で歩いてゆく。

私は長い長いエスカレーターをのぼり、すでにひと仕事したかのように疲れながら、六本木ヒルズやミッドタウンに向かう。空気が乾燥していて、すぐに目が乾き、充血し始める。試着室に飛び込んで、ライトの下で大きな鏡に映る自分は、ひどい姿をしている。厚着して出てきたせいで暖房が暑く、汗だくになっている。肌のきめの粗さがはっきりと見える。この上にパウダーをはたいても、粉っぽくかさかさして見えるだけだろう。

心の底から「これが欲しい」と思える服はいつも、簡単に手に入れられる値段ではない。合わせるバッグも、靴もないのに、そんな服を持って試着室に入り、着る。ファーのマフラーを外し、分厚いコートを脱ぎ、セーター、長袖、ウールのスカートを脱いで、真夏の薄い薄い素材のワンピースを着る。

外は雪なのに、着られるのは半年も先なのに、持っているお金を全部差し出して買おうとしている。

命を削って買っている、と思うときがある。

私はフリーで、厚生年金はない。もらえる国民年金の額は、六万円ぐらいだ。

東京で暮らしていくなら、最低でも十五万円ぐらいは必要だろう。月に九万円は出てゆく。一年で一〇八万円。たとえ一千万貯金があっても、十年保《も》たない。入院でもすればごそっと減るだろうし、親に何かあってもすぐになくなってしまう金額だ。

一千万だって呆然とするような額なのに、実際、それはとても心許ない金額なのだ。いっこうに安心できる金額になどならない貯金をちまちまと続けながら、私は買いものをする。老後の命を無駄遣いで食いつぶしているような気がする。

買いものが楽しいかなんて、私にはわからない。

ぎりぎりのギャンブルをしている人のような、勝つか負けるか、そんな気持ちで買っている。

彼女たちはどこに行ったのだろう。私には一生足を踏み入れることのできないような、楽しい場所に行ってしまったに違いない。ピンヒールが絨毯《じゅうたん》に埋もれ、足音も聞かせてくれないようなところに。でも、もしかしたら違うのかもしれない。私の何十倍もの、うんざりするような浪費をしながら、それに飽きているのかもしれない。

遅れて来た上京娘の私にとって、六本木は森瑶子《ようこ》の街だった。私が上京した年には、彼女はすでに亡くなっていたけれど、彼女の書いたものにはよく六本木が出てくる。

森瑤子は、家族のために島を買い、莫大な工事費用を払い、娘たちにはベルギーに小さなビルを一棟買い、馬を買った。それでも、家族からの彼女へのプレゼントは、金額はともかく、あげた数の半分にも及ばなかった。

彼女の人生を、不幸だと言う人もいる。けれど私は、そうは思えない。会ったこともない彼女のことを、よく想像する。彼女は、背中の開いた、光沢のある黒いドレスを着て、豪奢《ごうしゃ》なジュエリーで胸元や耳たぶを飾り、目元をくっきりと黒く、唇を赤く塗っている。そして、軽いファーのコートを羽織り、パーティーの会場からひとり出てゆく。妻の帰宅が遅いとうるさい夫が待っているからだ。パーティーは盛り上がっている最中なので、誰も彼女を送ってゆかない。

彼女はひとりでタクシーに乗る。真っ赤な長い爪が優雅に、小さなヴィンテージのビーズのバッグの中を探り、銀色のシガレットケースを取り出す。家に帰り着く前に、ひとりで煙草をつまみ出し、火をつける。アイメイクが崩れたらどんなに醜いか知っているから、彼女は泣かない。ただ、窓の外を流れる夜景を眺めながら、流れ落ちない程度に、目のふちぎりぎりに涙を浮かべ、煙草の煙を吸い込み、耐える。孤独に、嫉妬に、愛情への渇望に、ひとりで耐える。

そんな場面を想像するとき、私には、彼女が不幸な女には見えない。ただ、美しい女だと思う。

美しい服は、装身具は、みじめさから女を救う。哀しみや不幸、憂鬱ですら、ある種の美しさに変えてくれる。

彼女には、その魔法が使えたのだ。

六本木は、そのような女たちが、つぎつぎと生まれる場所なのではないだろうか。

女友達

彼女と出会ったのは、大学に入学した頃だった。

大学進学のために上京してきて、まだ東京で誰とも口をきいたこともない私に、同じクラスに知っている顔などいるはずもなかった。みんなそうだろう、と思っていたのに、明らかに顔見知り同士の女の子たちが話を始めている。クラスの大半は、附属の高校から進学してきた子たちだったのだ。

「受験は人生で一番平等に、実力だけで評価してもらえる場だ。こんなチャンスは人生で二度と巡っては来ない」

高校の教師は私たち生徒に向けてそう言い、私は確かにそうだと感心したものの、ふたを開けてみれば私たちは、

「え、外部受験生？　すごーい！　外から入るのって難しいんでしょ？　私バカだから絶対受験では入れない」

と言われるような存在なのだった。

私の努力なんて、東京に生まれて、私立の高校に入れる財力を親が持っていれば、す

る必要のないものだった。受験勉強をしても、しなくても、卒業大学を記入する欄には同じ大学名が書かれる。

別に平等なんかじゃなかったんだな、と思った。

そのクラスの中に一人、気になる女の子がいた。

お洒落で、少し浮いていて、かっこよかった。あるとき、思いきって声をかけた。「東京の人？」と訊いたら、言うのが嫌そうに田舎の県名を言った。私も東京じゃない、と言ったら、そうは見えない、と言われた。

私は、「そっちこそ、毎晩お洒落なクラブとかに行ってる人かと思ったよ」と言った。本当の気持ちだった。彼女は恥ずかしそうに笑って、私たちはそのうち友達になった。

欲望にまみれていた大学生の頃は、衝突することも多かった。一緒にすごくかわいい服を見つけて、どっちが買うかでもめたり、私が彼女に影響を受けすぎるのに彼女が苛立ったり、私は彼女があまり感情をあらわにしないことにもの足りなさを感じたり、していた。私は彼女が自分よりもセンスが良く、自分にはできないことを次々と実現してゆくのに焦っていた。アルバイトを始めるのも、引っ越しも、彼女は私に相談などひとこともせず、さっと決めて実行した。

私は一人で東京に放り出されてから、自分が参考にできる人を強く求めていた。雑誌に載っているような人たちの生活はとても真似できないから、自分と同じような立場の人がどんなふうに生活しているのかを知って、そこから大きくはみださなければ大丈夫だし、その人と同じくらいにはみ出すのは大丈夫だと思っていた。

そこに現われたのが彼女だった。けれど、彼女の精神はすでに独立しており、ほかのものに構わずに自分だけのセンスを磨いていた。

見捨てられたくない、と強く願っていたように思う。彼女と友達でいることが、自分で確かめられる、自分の価値の一部だった。

大学を卒業し、私はフリーターになった。彼女もそうだった。そのうち、二人とも就職をし、私は一年半後に辞めて独立した。彼女は何度か職場を変え、そのうちひとつのところに落ち着いた。お互い、そのことについて相談などしなかった。

彼女は恋愛の話を私に一度もしたことはない。そういう生臭い話が嫌いなのだ。私はそういう話を彼女にしようとして、遮られたことがある。彼女に恋人がいるのかどうか、私は知らない。彼女も、私に恋人がいるかどうか、知らない。

彼女とは、ときどき映画を観に行く。彼女の休みに合わせて、たいていは土日だ。映画は彼女のほうが私よりずっと詳しいけれど、二人とも観に行くだろうと思う映画があったとき、私は彼女を誘うし、彼女も私を誘う。私が選ぶ映画はなぜかはずれが多い。彼女が選ぶ映画は当たりが多い。

座席の予約は私がする。映画を観て、お茶か食事をして、終電まで粘ったりはせず、帰る。気になるお店を一緒にのぞいたりはするが、学生時代のように自分の買いものに相手をつきあわせたりはしない。

面白かった本やCDがあれば貸してくれる。私もそうする。最近知ったかわいいお店の品物や、おいしかったおやつを彼女はよく持ってきてくれる。私はそれを通して、彼女の生活の繊細な豊かさを感じる。彼女は気に入ったものを、大事に長く、身につけている。

以前なら、嫉妬と焦りでいっぱいになっただろうけれど、今はただ、賞賛の気持ちがある。彼女の友達であることが、誇らしい。

奇妙な友人関係かもしれない。相談もしない、恋愛の話もしない、たまにしか会わないし、メールの返事はお互い遅い。


彼女は冬でも薄着で、シルエットの綺麗な服を着ている。私は寒がりで、着膨れし、見た目が悪くなるのを承知の上で首にぐるぐるとマフラーを巻き付けて、一緒に歩く。

彼女の小さな声が聞き取れないから、毛皮の耳当ては外す。

私の暑苦しい愛情を、彼女に向けすぎないように、前を向いて歩く。

居場所

正月に帰省したとき、繁華街に向かう各駅停車の、ガラ空きの電車の中で、バランスの悪い色使いの服を着た派手なギャルが脇目も振らずに化粧をしていた。アイラインを重ね塗りして、マスカラをすでに塗ったまつ毛にまたマスカラを塗って、iPhoneのカメラを自分側に向けて、キメ顔を作って、何度も何度も写真を撮り直す。

そのキメ顔は、こちら側から見るととても変なのだけれど、彼女はそんなことはおかまいなしに、ただカメラだけを見つめていた。電車は動きだし、三つ目の駅に停まったとき、彼女の友達が乗ってきた。二人とも、急行列車の停まらない駅に住んでいて、茶髪と黒髪で、B系ともなんともつかない、カジュアル系のギャルっぽい服装とメイクをしていて、黒髪の子がもう東京ではすたれ始めているアラレちゃんふうのメガネをバッグから取り出し、「レンズが入っとうけん、なんか見づらいっちゃんね」と言うと、茶髪のほうが「うそ、外せばいいやん。外していい?」と、器用にぱちん、ぱちんとレンズを外してやっていた。

二人とも、周りの誰のことも見なかった。夢中で話をして、笑って、服やメイクや音楽の話をしていた。電車は、両側に田んぼしかない道をゆっくりと走っていった。白鷺《しらさぎ》が、黒い二本の直線の足で立つ、稲刈りが終わった田んぼ。けれど二人の間には、キラキラした東京があった。

小田急線のホームで、電話している女がいた。「もう、どうして電話しないのよぉ〜。連絡してねっていつも言ってるじゃないのぉ〜」。語尾を上げながら伸ばす。怒っているけれど媚びていて、甘えている。通話の相手は明らかに男だった。怒るのが当然の権利で、それが許され、聞き入れられることをわかっている責めかたをしている。下品な喋り方だと思う。そんな下品な喋り方の女が、男の中に当然のように居場所を持ち、怒り、甘える権利を持っている。そのことが、当たり前なのだけれど、よくわからない。私が男なら、自分の中に、あんな女には居場所を与えない。こんなことを思うから、私はずっと、東京で、ひとりなのだろうか。

正月が明けて、友達の結婚パーティーに出席した。驚いた目をした人に「覚えてる?」と声をかけられた。びっくりした。高校のときの同級生だった。

「結婚してね、旦那が新郎とつきあいがあって、それでね、福岡から昨日こっちに来てね」

ステージで、フラワーカンパニーズが『東京タワー』を歌いはじめた。

「夢がなくて　金がなくて　未来が暗くても」
「友がなくて　彼女がなくて　体が弱くても」
「歳はとるぜ　汚れてくぜ　いつか死ぬぜ　神様はいないぜ」

絶対に帰るもんかと思った故郷。有名になって、みんなを見返せるようになるまで帰るもんかと思った故郷。そうならなきゃ恥ずかしいんだって、出ていった者の面目がないんだって、思っていた故郷。憎くて、憎くて、大嫌いで、懐かしい、あの、田んぼしかない故郷。白鷺の飛ぶ故郷。野良猫が車に轢《ひ》かれて死んでいる故郷。

憎んでいたのは私だけだった。「懐かしい。会えてよかった。文章書いてるの知ってるよ、活躍見てるよ、がんばってるんだね」。彼女は変わらない顔できれいに笑い、なにもかもが溶けて消えていく気がした。

あれから、何年が経ち、何があったのか。見ないようにしてきた年月。振り返らないようにしてきた場所。居場所はないのだと、追い出されたのだと、いや捨ててきた土地なのだと、何度も言い聞かせ、思い込んできた場所。

そう思っていたのは自分だけで、その土地を出たひとも出なかった人も、出て戻った人も、みんな、「奥歯をかんでかんで、ふんばってふんばって、見栄をはって生きてきた」のだった。

私には居場所があった。帰る場所があった。故郷を嫌う理由なんか、なかった。なかったのだ。

他人の年月を愛おしいと思った。愛や憎しみや寂しさや優しさや怒りで、汚し抜かれ、磨き抜かれた、その人の形にしかならないきれいな年月。
変わらないその人の、守り抜いた美しいものの年月。

私は東京に毎日会える。そして故郷に、いつでも、再会できる。
心にどちらも持っていてよいのだと、許されたような気がした。

「どうしてそんなに冷たいの？　どうしてそんなにつまんないの？　こんなところにはいられない」と、怒りながら甘えて、語尾を伸ばして、故郷に電話していたのは、私ではなかったか。
居場所を奪われることなどないと、知っていたから甘えて、憎めていたのではなかったか。

彼女と私の間には、故郷があった。その瞬間、ほかの何も、見えてはいなかった。白鷺のほかは、何も。

若さ

十代の頃は、二十歳になる前に死にたいと思っていた。若くして死んだ天才は伝説になれるから。天才でもないくせに、死ねば何か自分の残した片鱗に才能を見出してもらえるのではないかと、甘い夢を見ていた。当時はブルセラブームの真っ最中で、田舎に住んでいれば関係のないことだったけれど、二十歳を過ぎれば女としての値段が暴落することぐらい、誰だって知っていた。十代の処女がもっとも高く売れる。だから、二十歳を過ぎれば終わりなのだと思っていた。

二十歳を過ぎたら、三十歳から先の人生なんて見えなかった。テレクラで「二十六歳です」と言っただけでガチャ切りされたことが何度もあった。三十歳を過ぎた女を、世間がどう扱うのか、知りたくなくても知らされた。結婚もしないで、仕事ばかりして、ああ見えてけっこういってるんだぜ、三十過ぎてんだぜ、やばいよな。

三十歳を過ぎたら、遊びのセックスの対象としてすら楽しみにされるような存在ではなくなるのだと思った。男に楽しみにされないような女。女からも同情の視線を投げかけられる女。そんな女である人生のどこに喜びを見出せばいいのかわからなかった。早く結婚するか、早く死ぬか、どちらかしかないように思えた。三十歳より先の人生は、真っ暗闇に見えた。

三十歳を過ぎ、三十五歳を過ぎ、私は、以前暗闇だった道を平気で歩いている。

代々木駅の通路でときどきすれ違う女子高生が、学校のカバンにユニコーンのぬいぐるみをつけている。けっこう大きめの、目立つユニコーン。とてもかわいい。私はそれを、欲しいと思ったことがある。三十五歳を過ぎた女がバッグにつけるのはどうかと思うけれど、家に置いて眺めるくらいかまわないだろうと思う。けれど、私はそれを買っていない。家に置いて眺めるという、純粋な自分だけの楽しみのために、お金を使うことが惜しく感じる。

それを買うくらいなら、もっと、自分の身を飾るものを、外に身につけていけるものを買ったほうがいいように思えるのだ。

あの子は若いから、高校生だから、あのユニコーンをバッグにつけて外を歩くことができる。自分がかわいいと思うものを、身につけて主張できる。じゃあ、私は？

私が身につけて、主張しているものは、いったい何なのだろう。

三十五歳を過ぎても、素敵な女性だと思ってほしい、同情ではなく賞賛が欲しい。失望ではなく欲情が欲しい。もっともお金を使うべきなのは、そのために身につけるものだと、思っている。

神保町の駅の階段で見かけた女性がいる。黒いファーの襟巻きに、軽そうで上等なウールのグレーのコート。黒いブーツ。片手に持っているシンプルな形の革のトートバッグの色はトープ。銀髪のショートヘアは完璧な形に整っている。差し色なんていう発想が下品に思えるほど、落ち着いたトーンの色だけで、際立った雰囲気をまとっていた。

私は彼女のあとをつけて、彼女の後ろに立って、ホームに電車が来るのを待った。

どんな仕事をしている人なのだろう。年齢はいくつなのだろう。どんな暮らしをしていて、クローゼットにはほかにどんな素敵な服が揃っているのだろう。知りたいことはいくらでもあったけれど、ひとつだけ訊けるなら、

「何を大切にして生きれば、あなたのようになれるのですか？」

そう訊いてみたかった。

彼女は電車に乗り込み、私は、反対方向に向かう電車が来るのを待った。

待つ間、彼女の姿を頭の中で何度も、細部に至るまで思い返し、覚えようとした。そこに、自分がこれから先を生きるための重要なヒントがあるかのように。

何歳まで生きるくらいなら、死んだほうがましだ、という言葉を口にできるのは、若さゆえの特権であり、若さゆえの傲慢であり、恥だと思う。

若い人間は、年寄りの毎日には、何の楽しみもないと思っている。私だってそう思っていた。

体力が落ちて、持病のひとつやふたつあって、地味な趣味に精を出して、容姿は衰え、恋愛やセックスなんかどこにもないんだと、そう思っていた。

三十五歳を過ぎて、私は、自分より年上の女性ばかりを見つめるようになった。

年上の女性に、私は希望を見ている。自分がそんなふうになれるとは限らないけれど、「年寄り」なんかではない「女」の姿が、ごろりと目の前に差し出されていて、それは、どんな侮蔑《ぶべつ》の言葉も寄せ付けない。

ときどきそっと、街中や駅で見かける彼女たちのことを少しだけ追いかける。彼女たちは、こっそりあとをつけている私のことなど振り返ることはなく、まっすぐ前を向いて歩いてゆく。足に馴染んだ、型崩れしていない綺麗な靴が、かすかな音を立てるのが聞こえる。上品で美しい音。足取り。

恋愛やセックスのことばかり気にしている自分がばかみたいに思えてくる。いつでも誰かの視線をもの欲しげに待っている自分が、あさましく思える。値段をつけてください、私の価値を教えてくださいと他人にすがって、みっともない姿を晒しているように思えるのだ。

そっと彼女たちのあとをつけているうちに、私はあまり、死にたいと思わなくなった。

彼女たちの歩いていった後に、道が見える気がした。その道は、つまらないものなんかじゃなかった。退屈な年寄りの道なんかじゃなかった。

もしもこの、他人の視線が欲しいという欲望が死ぬ日が来るのなら、その日を迎えてみたい。欲望が死なず、望んだ視線を得られなくなる日が来て苦しむのなら、その苦しみを味わってみたい。どんなものでも、味わい尽くして、闘い尽くして、死ぬのは、それからだ。

十分にやった、と思える日が来たら、私は自分に、あのユニコーンのぬいぐるみを買おうと思う。

誰にも見せない。自分のためだけに。

優しさ

「俺は、死ぬのがすごく怖い。怖くて眠れないときがある」

そう言った男の人がいた。眠るときに意識を失うのが怖いのだそうだ。そのまま何もなくなってしまったら、自分を永遠に失ってしまったら、と考えてしまうのだと言った。

私はその人を失うことのほうが、死ぬことよりもずっと怖かったけれど、黙っておいた。怖いなら、毎日一緒に寝てあげたいと思った。


「あなたの一時間は　私にとっては数秒」という歌詞を聴くためだけに、何度も何度も、長い間繰り返し聴いている歌がある。私にとって、恋とは、愛とは、そういうものだ。私の一時間は、あなたにとっては数秒。残酷だとも言えない、ただの事実だ。その残酷さを、理不尽だと怒っても、恨んでも、泣いても、変わらない。

私のことが好きだと言った人がいた。私は別の人が好きだからと断ったのだが、あるときに家に電話がかかってきた。相手がその人だと知らずに取った。私は好きな人と一緒に家にいた。早く切りたくてそっけない応対をすると、「あなたは冷たい人だ」と怒った口調で言われ、がちゃり、と音を立てて電話を切られた。

何を甘えているんだろうと思った。あなたの一時間は、私にとっては数秒なのに。そういうものなのに、何を求めているんだろう。私は数秒すらもらえないまま何度も好きな気持ちを失ってきた。あげたではないか、と思うのだ。その人に、私は、それまで何時間もの時間を。それは愛ではなく、ただの優しさだとしても。

私は「愛している」という言葉が嫌いで、言われるとぞっとする。「好きだ」という言葉は瞬間に属しているように思えるけれど、「愛している」は、何か将来の約束をはらんでいるように思える。

それがどんなに真剣な気持ちであっても、人の気持ちは変わる。変わるかもしれないのに、約束をしないで欲しい。期待をさせないで欲しい。

私は本当に誰かを好きになると、その人が心変わりをすることを許す。許すしかない。愛するということが、本当にあるとしたら、それは相手の自由を望むことだと思うからだ。それができなければ、私はその人のことを、愛しているとは言えないと思う。

心変わりを許すほどの、苦痛の中で振り絞るような愛の言葉を、私はまだ聞いたことがない。言ったこともない。

今年、東京では記録的な大雪が降った。つかの間、吹雪からのがれるために入った喫茶店で、近くの席に女の子が座っていた。二十代前半だろうか。艶のある綺麗な茶色のショートヘアで、二重で大きな目。一人でココアを飲んでいる。小さな口をすぼめる仕草が癖になっているようで、一人でいても何度もその可愛い表情を作る。彼女は傷ひとつついていない濃いブルーの美しい革の小さなボストンバッグからiPhoneを取り出し、イヤホンをつけて音楽を聴き始めた。椅子には、襟元にファーのついた、上品なベージュのウールのコートがかかっている。足元はジッパーを上げて履くタイプの、筒幅が細いブーツ。ふくらはぎの太い私が決して履けないブーツ。

こんな、完璧に見える女の子を見ると、ときどき思う。私がもし、こんな女の子だったら、何か変わっていたのだろうか。私の一時間が、あなたの一時間になったのだろうか。

心は変わるものじゃないと、愛は続くものだと、盲目的に信じることができるような女だったら、何か変わっていたのだろうか。

大きなガラス窓の外で、ごうごうと吹雪が鳴っている。喫茶店の店主はずっと、窓の外を見つめていた。


『完全自殺マニュアル』という本がある。私が高校生のときにとても流行った本で、私はその本から「死のうと思えばいつでも死ねる。逃げようと思えばいつでも人生から逃げられる。だから、安心して生きろ」というメッセージを受け取った。

一昨年ぐらいに仕事の関係でその本を読み返したくなって、amazonで注文した。その途端、「この商品を買った人は、こんな商品も買っています」の欄に、火鉢と練炭とロープがずらりと表示された。死ぬための道具とマニュアルがセットで注文できて、お急ぎ便なら翌日あたりに自宅に届く。

私は歩道橋を渡っているとき、ふっと飛び降りてみたい気持ちになることがある。実際にはやらないが、そんなことよりももっと身近に死を感じて実行している人たちが、たくさんいるのだと思った。

生きていることは、疲れる。愛しても、求める愛が得られるとは限らない。努力しても成果が得られるとは限らない。生きている限り、生活を維持していかなければならない。

気持ちを感じ続けることがつらい。意識を失いたい。そういう気持ちのほうが、私はよくわかる気がする。

新宿駅の西口に、ホームレスの人たちがいる。その吹雪の日、夕方のラッシュ前の時間に、階段のところに一人、六十代ぐらいの男の人が座っていた。その数段の階段の先にはおにぎりを売る店があり、その店から出てきた中年の女性が、まっすぐその男性のところに向かい、おにぎりをひとつ手渡した。男性は少し驚いて、ああ、ありがとう、ありがとう、と言った。

そんなふうに自然に人にものをあげられる人がいるのだと、何も返ってこないかもしれない優しさを手渡せる人がいるのだと、私はとても驚いた。

愛でなく、優しさで生きていけるのなら、もしかしたらもう少し、何か、違うのかもしれない。意識を失いたいと、そのときにはひとりでいたいと、そんなことを思わないようになるのかもしれない。得られなくても、与えられるのなら。愛でなくても、意識を失うことが怖い誰かのそばにいられるのなら。

いつかその優しさを、愛と呼ぶことができるのだろうか。

谷間の百合

大きな河を渡る、広い橋の横断歩道を早足で横切る。青信号が点滅し始める頃、オレンジ色の街灯が点く向こう側へ渡ることができた。

目の前の黒い水面は、頭で思い描いていたよりもずっと、地面に近い高さだった。海が近いこのあたりでは、河はすでに海の匂いを帯びている。潮風に髪を吹き荒らされ、肌も髪も、不快なべたべたした感触にさせられていく。

夜の海が怖い。海へと続く水面が怖い。こんな橋の欄干《らんかん》など簡単に乗り越えて、あのぬらぬらと光って形を変え続ける水面が私の足首を掴んで、引きずり込んでいく。違う世界へ。何もない世界へ。


知らない国に行くと、あの黒い水面を見ているような気持ちになることがある。私は出不精で、怖がりで、できることなら自力で冒険などしたくない。なのに、旅にはひとりで行く。二月のその日、成田から香港に夜遅くに着く飛行機からやっと降り、ホテルにたどり着き、バスタブにお湯を張って、少し温まってから大きなベッドのさらさらした白いシーツの間に入るとき、どうして自分はひとりなのだろう、と思う。今夜は少し肌寒くて、誰かと一緒に眠りたいし、本当は近くのコンビニにコーヒーを買いに行きたいし、コンビニのお菓子を誰かと見て、こんなものが売ってるんだねってくだらないことでびっくりしたりしたいけど、そんな人はいない。

眠れないでいると、どんどん寂しさが膨れ上がっていくような気がして、冷蔵庫の中の見たことのない銘柄のビールを開ける。飲みながらベッドに寝そべって音楽を聴こうとすると、iPhone の音楽のデータがブリトニー・スピアーズを除いてすべて消えていた。仕方なくイヤホンでブリトニー・スピアーズのシングル集のリマスターを聴いていたら、よく知らなかった曲がものすごく良く聴こえてきて、繰り返し何度も聴いた。四十分ぐらい聴いていると、不意に「わかった」という感じになった。歌詞の英語もろくに聞き取れてないのに、「これは好きで好きでたまらない相手と、そこまで好きでも決して溶け合うように一緒にはなれない切なさを歌っているんだ」と思った。ブリトニーのすべての曲は、そのようにして愛とセックスに捧げられているんだと思った。ブリトニーの魂の孤独を思い、その幼くまっすぐな愛の形を思い、心から素晴らしいと思った。

酔った勢いを借りて会いたい人にメールして、やっと「寂しい」と認めることができた。泣く前に眠ってしまいたい。どうしてこんな、知っている人は誰もいない、寂しい場所に来てしまったのだろう。答えは知っている。東京にいても、夜は部屋にいてひとりだからだ。何も変わらない。友達にほんの数日会えないだけ。それなら違う場所に行ってもいいんじゃないか。面倒な日常の用事や、仕事のことを考えることから離れてみたら気分がいいんじゃないか。たまにそう思うだけだ。何もないすっきりしたホテルの部屋のクローゼットに、持ってきた数着の気に入った服だけをかけていると、ほっとする。自分はどこにいても生きていけるような気がする。寂しい、と思いながら、寂しさでは死なないこと、好きな服を着ている自分を好きだと思えること、そう思えればどこにいても大丈夫なことを、私は知っている。

ただ生きていけるということと、その状態が満足であること、楽しくてたまらないことは同じではない。楽しいから生きているわけではない。でも、生きている以上、楽しいことがなければ希望が持てないから、私は必死に楽しいことを求め続ける。まるで希望の奴隷のようだと思う。次の日、私は起きると前もって調べておいた好きなブランドのお店を四店舗回り、いちばん大きな店を見つけ、そこで好きなドレスを試着した。十数年前に香港に来てからずっと憧れていた店の服。普段なら絶対に買わないし買えない値段の服。どれも普段の自分が着ているものと比べると派手すぎて、どれが似合うのかよくわからない。香港の色使いは、ネオンから服までなにもかも日本とは違うと思う。いつ着ればいいのかわからないような、でも自分に似合う派手なドレスを選び、行く前にネットショップで見ていたバッグを見せてもらってそれも買うことにした。片言の英語で店員さんとバッグの色を見比べ、鮮やかなブルーとゴールドのどっちがいいか迷っていると、店員さんが、ゴールドのほうはあなたが買うあのドレスにも合うし、今着ているコートにも合う。でも、こっちのブルーはきれいだけど……と言い出した。「難しい色？」と聞くと、「そう、すごくファッショナブルだけど、ちょっと難しい色」と言うので、鮮やかな色を好む人たちの間にも、そういう感覚があるんだ、と面白くなった。私は美しい希望をカードで買った。

ホテルに帰るタクシーの中でもう一度ブリトニーを聴いてみたら、なぜゆうべあんなことを感じたのか、もうよくわからなくなっていた。愛も夢も希望も、鮮やかに現れ、あっという間に立ち消えてゆく。それでも、私は手に入れるものを厳選し、自分のものにしたら、なるべく大切に扱う。手に入れたものが全部色褪せてしまったら、自分の輪郭がなくなってしまいそうに思える。

そしてまたひとりの部屋で、ベッドの横の小さな灯りだけをつけて眠るとき、私は自分の孤独が、もう誰と恋愛をしても埋められないほど深くなっているのではないか、と思う。「そもそも孤独というのはそういうものだ」と言う人もいる。誰にも埋められないのだと。私は、誰かと愛し合えれば孤独を忘れられる瞬間があるのだと信じていたし、たぶん、まだ信じている。

でも、年々寂しさの溝は深まってゆき、それはもう底の見えない、狭くて深い谷のようになっている。私はその谷に向かって、鮮やかな色のドレスや、かかとの美しい靴や、新しいバッグを次々に投げ込んでいるだけなのかもしれない。

投げ込む瞬間がいちばん美しくて、楽しくて、でも私はものを愛しているから、そんなことのためにものを買ったと思いたくなくて、大切にしているのかもしれない。自分には、谷底なんてないのだと、それはこの美しいもので埋め尽くされているのだと、思いたいだけなのかもしれない。

大きな河にかかる橋の上から、海に続く水面をのぞきこむときに、ホテルの部屋で自分の谷底をのぞきこむとき、そこに美しいドレスがあればいいと思う。

静寂

大きく感情が動くとき、頭の中がしんと静まり返る瞬間がある。誰かを好きになったりすると、最初はざわざわするのに、考えているうちに突然、しんとする。考えているのに、まるで考えてないみたいな、うまくいくことを願う気持ちとか、乗り越えていかなければいけない問題とか、相手の気持ちとか、自分の中にある切実さとか、そういうものを全部置いて、ただしんと静まり返るときがある。

人が何か大事なことを言うときに、同じような静寂が訪れるのを体験したことがあった。相手は、まさかそんなことを言うとは思わないような男の人で、私たちは終電が行ってしまったあと、うるさい六本木のバーにいた。急に、水中に沈んでいくようにして、周りの音が遠ざかっていった。好きなんです。その人はそう言って、その言葉だけが聞こえた。

あれは、相手の中にある静寂に、私が取り込まれてしまったのだと思う。告白というのは暴力的な領空侵犯だ。相手の側の嵐を無理矢理ぶつけられて、吸い込まれていく。

九州にいた頃は、夏によく台風が来た。ぼろい公団の四階は、本当に倒れてしまうんじゃないかと思うほどよく揺れた。窓ガラスが割れそうに震え、風が隙間からびゅうびゅう吹き込んできて、私はよく弟と二人で布団を敷いて、その中に一緒に入って弟が持っている小さな携帯用のテレビを観た。その頃には、だいたいもう、停電になっていたからだ。

台風には、目がある。強い台風であればあるほど、目も大きい。そして、目の中は怖いくらいにしんとしている。目を抜けるとまた風が吹いてくるのに、もう終わったのだと勘違いしそうになるほど静かだ。そして、その静寂はきっかり、三十分か四十分で終わる。必ず、時間を守るようにして、また嵐がやってくる。

あの台風の目のような時間が、人の感情には、あるのではないかと思う。

私は子供の頃に溺れかけて以来、水に顔をつけるのが怖い。それでも、プールで鼻先を水面につけていると、ふと、水の中にもう一人の自分がいて、水面のところで鼻先だけをくっつけあっているみたいな感覚が生まれることがある。猫が鼻でキスをしてくるときに鼻が少し濡れている、あの感じに近いから、そういう連想をするのかもしれない。水中に、自分と同じサイズの自分の影が見える。

私はその中に飛び込んでゆきたい。魚のように、スムーズに入り込んでいって、同化したい。そうしたいと思うけれど、水の中に入ると、呼吸はできないし水圧に圧されて思うようには動けないし、目を開けるのだって少し勇気が要るくらいだ。

思うように簡単に、スムーズに融け合うことはできない。誰かと向き合うとき、私はいつも、プールの中に胸まで浸かって立っているようだ。

危険を知りながら潜っていくのか、それともそのまま、動かずにいるのか。どんなふうに動いても、水に手足を取られて無様な姿になるに決まっている。

けれど、鼻先を水面につけるその一瞬だけは、静かな気持ちになるのだ。

悲しみにも台風の目がある。泣いて、泣いて、泣きはらしたあと、ふと涙が出なくなる。ただ、指先がきんと痛くなる。ああ、もう、泣いても泣いてもあの時間は戻ってこない、二度と戻れないのだということが身体に入ってきたとき、全身が涙を止める。泣いてもどうにもならないのだと、涙を止める。泣くよりも深い、悲しみよりも深い、絶望のようなものがそこにある。絶望は静かで、静止していて、決して動かない。

誰かを好きになったときに感じるあの静寂は、たぶんこの絶望と同じ静寂なのだ。自分の力でも、他人の力でも、好きになることを止めることができない。誰かを強く求める気持ちを、ちょうど良い加減にとどめておくことができない。もうこの先には、必ず、傷を負う道が待っているのだ、と思う。

なんの抵抗もなく水中に潜っていくことができないのと同じように、なんの傷も負わない恋愛なんて、ない。この世でいちばんおそろしいものの中にひきずりこまれていくのがわかっていても、止めることができない。

傷つかずにいることを諦めるときに、たぶん、頭の中がしんと静まり返るのだ。

静寂のあとには、また嵐が来る。東京に来る台風はあまり強くないから、怖いと思ったことはない。せいぜい傘が折れる程度だ。

けれど東京に来てから、私はずっと、東京に来る台風のような、弱くてはっきりしない嵐の中にいるような気がする。いつ過ぎ去るかわからない嵐の中で、何度も台風の目の静寂に入り、何度も抜けてふたたび嵐に出会う。

嵐の中に立つことが生きるということだとしたら、それを全力で拒否したいと思うこともある。

どうして、風が吹いてくる方向を、いつも見つめてしまうのだろう、おそろしい嵐が来るのに、どうして胸が躍るのだろう、と思う。お風呂場で足にスクラブをかけているときなど、これは歩くための肉体なんだよな、と変な気持ちになる。太い骨があり、筋肉がある。歩くためになんて、そんなに使っていない。少し曲がっている自分の足を見ては、本来の機能を無視したものが、この身体を乗っ取っているように思えてくる。歩いて、走って、嵐を避けて、生殖をするための肉体に、嵐を待ち望む心が乗っている。

嚙み合わないものが同居したいびつな肉体が、嵐の中に立っている。そして、静寂と嵐を、交互に求め続ける。

暗闇

ふたを開けっぱなしにした洗濯機の丸い暗闇の中から、孤独が部屋中にじわじわと溢れ出してくるような気がする。重いガスのように、最初は部屋の床を伝うようにして、だんだん膝の高さまで溜まって、部屋中に溜まって、窓の外の暗闇と溶け合っていく。

東京が嫌だと感じるときもある。例えば、新宿駅の東口側から南口のほうに抜けていくときに通るルミネ2の通路。めまぐるしくテナントが変わり、昔はスープストックがスープの匂いをまき散らしていて、いまはディーン&デルーカがパンの匂いをまき散らしている。ボンジュールレコードが音楽をかけ、何もかもがうるさく感じられる中、ものすごい人波をかきわけながら歩いているときとか、そこをやっと出たら出口のところの、やっぱりしょっちゅう店が変わるのだけどいつも何か甘いものを売っている店が過剰に甘い匂いを発散しているのを吸い込んでしまったときとか、ああもうすべてがうるさい、と思う。

ゆりかもめに乗るのも嫌いだ。ゆりかもめから見える、東京の海辺のすさんだ寂しい景色は好きだけれど、いかにも業界人っぽいテレビ局の関係者と、ミーハーな観光客しか乗っていない車両に乗っていると気が滅入る。はしゃいで声のボリュームを調節できない観光客。それを冷笑しながらひそひそと、観光客には手の届かない芸能人やテレビの話を「仕事の話」としてしている業界人。どっちにもかかわりあいたくないのに、自分はどちらにも片足をつっこんでいるようで、居心地が悪くなる。

誰も人が乗っていないような時間帯に乗っていると、どこか世界の終わりまで連れて行かれるみたいで、少し怖くて、美しくて、不穏だ。誰もいない車内にまぶしいほど陽が射し込んで、外には水か更地か倉庫しかなくて、遠くにビルが見えて、ずっと乗っていると、この先には悲しい結末しか待っていないような気持ちになる。

複雑な駅の地下道で迷って、高いヒールで痛む足を引きずるようにして歩き回っているときや、ただコーヒーを飲みたいだけなのに、満席のカフェばかりのときとか、必要なものを買うために、いくつもの店を回って、レジに並んでその度に「ポイントカードはお持ちですか?」とか「お作りいたしますか?」とか、お互いにしたくもない空虚な会話を繰り返して、それだけで疲れ果ててしまうときとか、早くこんなところから逃げ出したい、と思う。逃げ出してあの静かな家に帰りたいと思う。

誰かにここから連れ出して欲しいとは思わない。そんなことは、そんなに都合良く起こらないと知ってしまったから。そんなふうに、人を頼っていいと思えなくなったから。頼ってもいいと思える関係を失ったから。

それでも、たまに連れ出してもらえる瞬間が人生にはある。あった。自分の知らない場所、自分の知らない街、知らない道。私が疲れ果てていることを知って、どこかに連れ出してくれる、という奇跡のような時間があって、私はその時間をよく覚えている。車なんかほとんど通らない道のゆるやかなカーブ、水際にいる見たことのない鳥、子供の頃に植物図鑑で見た花。

歩き疲れて足が痛んでも、そこからは逃げ出したいとは思わない。もっと歩いて、もっとお腹をすかせて何かおいしいものを食べたいし、もっとへとへとになって、帰れなくなりたいと思う。知らない街で何日か、毎日歩いて、食べて、眠って、その間の東京の自分の時間を空白にしてしまいたいと思う。

強い潮風が髪をぐしゃぐしゃにしていく。私は貝殻を拾って、帰りの電車に乗って、東京に帰ってゆく。ぐしゃぐしゃの髪のまま、私は自由を知っているんだ、と勝ち誇ったような気持ちで地下鉄に乗り換えると、きたならしい女が窓ガラスに映る。

ああ、早く家に帰りたい、と思う。あの静かな、誰もいない家に帰りたい、と。

洗濯機から溢れ出してきた、黒く重いガスのような孤独に、ライターでカチリと火をつけて燃やしてやりたいと思うこともある。その光景を想像すると、何かの祝祭のようだと思う。

でも今は、ただあの洗濯機の中の暗闇に入って、丸くなって眠りたい。

越境

コインを券売機に入れて食券を買い、店に入る。カウンターに小さな切符のような券を出し、「そばでお願いします」と言う。自分で水をつぎ、カウンターに立って、さっき買った七万三千円の服が入った紙袋を汚れた床に置く。「お餅を揚げるので二分ほどお待ちください」。そんなこと言われなくたってかまわないのに、わざわざそう言われる。文句を言われたことがあるのだろうか。その二分が待てなくてじゃあ違うものにします、と言って返金してもらって券を買い直す間に、二分ぐらい経ってしまうから同じなんじゃないだろうか。有線放送の演歌を聴きながら、そう考える。iPhone の Shazam に聞き取らせても、誰が歌っている何という歌なのかわからない。

入ってきた五十代ぐらいの男が「そば」と投げるように言って、食券を置く。あんなふうにぞんざいにものを言えるのはなぜなんだろう。たった四百円かそこらで、お客の立場を買った気になれるのだろう。私は揚げ餅の上に乗っている辛いのが苦手なのに、それがたぶん味のアクセントなのだろうから、抜いてくださいとどうしても言えずにいる。七万三千円の服を買ったときだって、言わなくてもいい「ありがとうございます」を言ったし、「お似合いですよ」とか「スタイルのいい方でないと着こなせませんから」とか「どちらの服もかわいいですよ」とか言われるたびに、何度も頭を下げたし、「カードでお願いします」「一括でお願いします」と丁寧な言葉を使った。自分にとって、おそろしいほどの額を払っても、「お客様」の立場を、私は堂々と買うことができない。

東京ではたやすく、越境ができる。昼間は東京じゅうが見渡せるような高層階にあるホテルのラウンジに行き、大理石だか何の石だかも私には判別のつかない、自分の姿が映るほどに磨かれた石のフロアの上をコツコツとヒールを鳴らして歩き、何杯でもおかわりを注いでくれるコーヒーを、冷めただけですぐに取り替えてくれるコーヒーを、出版社のお金で飲みながら打ち合わせをしたりしていたくせに、同じ靴で富士そばの汚い床を踏んでいる。重く厚い布地のカーテンがかかった試着室で、七万三千円の服を革張りの椅子にかけて着替えたあとで、駅前の露店に出ている五百四十円のワゴンの服を買い、レジで値札が千八十円だとか、でも五百四十円のワゴンに入っていたしハンガーにはそう書いてあるとか言ってもめたりしている。疲れたから本を買って帰ろうと思って本屋に立ち寄ると、「カバーはおかけしますか」「ビニールはお取りしますか」「ポイントカードはお持ちですか」「無料で今すぐお作りできますが、お作りしなくて大丈夫ですか」という、決まった一連のセリフの流れのどこに「領収証下さい」という言葉を差し挟めばいいのかわからなくなる。

大理石の上だろうが、めんつゆで汚れた床の上だろうが、サービスの過剰な言葉のうるささから逃れることはできない。「コートをお預かりいたしましょうか」「おかわりはいかがですか」「窓際の景色の良い席が空きましたので、よろしければお席を移られますか」。それらの言葉を、ひたすらうっとうしいと思うことがある。うるさい、うるさい、うるさい、と思いながら歩いていることがある。そのうるささから逃れるには、高い家賃を払って、できるだけ防音の効いた、物音の気にならない部屋を借りて、そこに帰って内側から鍵をかけるしかない。

家に帰ればamazonの箱が宅配ボックスに入っていて、その宅配ボックスには「四番と七番と十三番のボックスの荷物は四月二十日までに引き取りがない場合、管理人室でお預かりさせていただきます」と赤文字でアンダーラインが引かれた警告のメッセージが貼ってある。私には関係ない。こうして届いたその日にボックスを開けて荷物を出している。箱を抱えて部屋に戻ると、矢印に沿って段ボール箱を開け、厚いビニールを剥がし、チラシや注文票をよけて、スリップを抜いて、段ボールを畳み、ようやく本だけが机の上に置かれる。開封する前から溜息が出るほど、わずらわしい。

ノイズの中を越境して越境して、私はいったいどこへ行きたいのだろう、と思う。人の話し声から逃れるように、家に向かう歩道橋をのぼりながら、ヘッドフォンの中でgleeの『Don't Stop Believin'』が鳴っているのを聴く。「Payin' anything to roll the dice Just one more time Some will win, some will lose Some were born to sing the blues」。

私は何のサイコロを転がすために高い服なんか買っているのだろう。安い服なんか買っているのだろう。慌てて買ったレブロンのリップグロスの色が合わなくて苛立っているのだろう。いつになれば自分の正しい「身の丈」がわかるのだろう。「丁寧な暮らし」ができるのだろう。そのサイコロでどんな目が出れば満足するのだろう。そしてそのサイコロの「強い目」とは、何なのだろう。お金をたくさん儲けることなのか、成功者らしいふるまいができるようになることなのか、誰もが羨《うらや》むような暮らしをすることなのか。東京で「勝つ」とは、どんなことなのだろうか。

どこにいても、無理をしていて、空虚な穴があって、見られるために作っている部分があって、なりふりかまわない様子でさえもパフォーマンスだったりして、そういう場所で、本当に欲しいものとは、本当にしたいこととは、何なのか。

勝つために、負けるために、ここにいる人の数よりも、ブルースを歌うために生まれたと思いたい人の数があふれるほどに多い街が東京なのだと思う。

私は何かを信じたいし、信じることをやめたくなんかない。けれど、東京では私が唯一信じられる自分の欲望が、よくわからなくなる。欲しいと思って手に入れたものが、あっという間になんの魅力もない布切れやがらくたに変貌していく。越境すればものの価値など一瞬で変わる。そんなものを見つけるために途方もない時間を使い、果てしなくお金を払う。見つけて買うまでの瞬間だけは「これは運命だ」と思うことができる。

私は、何のサイコロを転がしているのだろうか？

幸せ

「そんなことしてたら、ずっと幸せになんかなれないよ」。

そう言うときの人の顔が、いちばん醜いと思う。幸せという言葉で他人を脅迫するときの顔。幸せの基準を一方的に押しつけるときの顔。

何度でもそんな言葉を投げつけられてきた。親身になって、優しさで言ってくれていると理解できることもあったけれど、それでも嫌悪感は消えなかった。

私には、みんながそう言う「幸せ」が、「好きなものを諦めて、自由を諦めて、自己主張を諦めて、その末に手に入れる、なにごとも起こらない日々」のことに見えた。そんな男と幸せになんてなれるわけがない、そんな仕事をしてあなたの望む幸せが手に入るはずがない、そんなに我が強いと男からは敬遠されて普通の恋愛なんてできない、仕事で成功したら男は遠ざかる、いや逆に恋愛がうまくいったら何も書けなくなるかもしれない、とかなんとか、好き勝手なことをよく言われる。私は馬鹿だと思われているのかな、と思う。思われているのだろうし、実際に馬鹿なのだろう。みんなが納得できるような「幸せ」を提示してやりたいと思っても、それすらできないのだから。簡単なこと、誰でもやっているようなことが、できない。

「そんなことしてたら、ずっと幸せになんかなれないよ」と言われるたびに、「何かを諦めなければ、幸せは手に入らない」と、呪いをかけられているような気分になった。

長く続く幸せなんてない、とずっと思っていた。どんなに好きな人でも、長く一緒にいれば行き詰まった。結婚するか、しないか、子供を産むか、産まないか。恋愛が始まるときにはどうでも良かったはずのことが、重要な問題になった。

「愛してる」と言われるたびに、心が冷えた。愛しているなら自由をくれ、と思いながら、私の自由のために相手が払う犠牲や我慢の大きさに背中が寒くなって、こんな関係は続けないほうがいい、といつも思った。失うと、その欠落の大きさにいくらでも泣いた。

「普通の幸せ」が欲しい、と言われては、それを与えられない自分には何かが欠けていて、何かが過剰なのだと思った。それが才能とか、そういうものであれば良かったけれど、そうではないので私はただ自分のことを、欲望ばかりが過剰なわがままな人間なのだと思った。

周りの人にはいまだに「あの男と別れなければ良かったのに」「結婚できていたのに」と言われ続けていることも知っている。私が悪かったのだと、誰もが知っている。でもそれが私の望む幸せではなかったことは、なぜ誰も知らないのだろう。私が今のほうが幸せだ、と言っても誰も信じてくれないことに、私は傷つく。「好き好んで不幸な道を選ぶ人間なのだ」と決めつけられることに傷つく。「あの子には幸せになってほしいと思ってるんだよね」と、私のいない場所で言われていることに傷つく。

うそだ、本当は怒っている。ものすごく怒っている。あんたたちの言う幸せなんか欲しいものかと思っている。幸せな場所から見下されるようにして、幸せを願われていることに怒っている。どんなに哀れまれても、我慢して生きるくらいなら、不幸なまま死んでやると思っている。

これでも私は、私の信じる「幸せ」に向かって生きているのだから、放っておいてほしい。理解して欲しいとは思わないし、説明しているときに同情の目を向けられたり、「そんなの幸せじゃない」「ありえない」と言われたりするのは絶対に嫌だ。だから、波風を立てずに済むように、そっと距離を置く。それが私なりの、彼ら、彼女らの幸せを最大限に尊重する唯一の方法だ。そのうち、頻繁に会えるひとは、誰もいなくなってゆくに違いない。私は目を開いて、夢を見たまま死んでいくだろう。そのことを、誰にも「かわいそう」なんて言わせない。私の死体は、誰にも見せないまま焼いて欲しい。祭壇はいらない。菊の花も蘭も好きじゃない。

いつからか、瞬間の幸せが怖くなった。最初にそれを感じたのは、すごく楽しみにしていたライブにどうしても行けなかったときだった。楽しみで、チケットも買っていて、ほかに予定も入れていなくて、あとは行くだけだった。なのにどうしても出かける準備を始められない。どこも痛くないし、悪くないのに、胃のあたりが気持ち悪くて、頭が重かった。

好きで好きで仕方のない人に、会えなくなったこともある。会う直前になって、会うのがどうしようもなく怖くなるのだ。決まって体調が悪くなって、外に出ることができない。その時間が終わって、素晴らしく幸せな思い出が残って、その思い出とともにまた、何もない毎日に放り出されることが耐えられないのだ。幸せな瞬間があればあるほど、それが遠ざかっていく時間が苦痛なのだと知った。

幸せな瞬間が自分を救ってくれないわけではない。ほぼ完璧に救ってくれる。だから、その救いを失うことが、余計に怖い。最初からないほうがまだ、耐えていけるのではないかと思ってしまう。そんな臆病な生き方はしたくなかったはずなのに。いつだって、瞬間の幸せを、最高の幸せを求めていたはずなのに。


今なら、みんなの言っていた「幸せ」がどういうものなのか、少しはわかる気がする。それは、「絶望しないための工夫」なのだと、「生きてゆくための知恵」なのだと、わかる。生きていることがつらいと思わないための「幸せ」なのだろう。

私は心から愛し合える相手が欲しい。それ以外の「幸せ」は、私にとっては、ない。

誰だって、妥協せずにそういう幸せを選んでいるんじゃないのか。なのにどうして私には「妥協しろ」と言うのだろう。そんなに私の置かれている状況は、ひどいものなのだろうか。ずっとこうだから、わからない。こんなところでこんなふうにしか、生きたことがない。

幸せを望まなかったことなんてない。けれど私は、他人に私の幸せを願われることが、嫌で嫌でたまらない。聖域に踏み込まれる感じがする。

私にとってそれは、絶望してもかまわないと思うほどに、強く求めているものなのだから。

刺激

「東京なんて、ただの場所だから」。そう言われるのを聞くと、私は「恋愛なんて、ただの幻想だから」という言葉を思い出す。「恋愛なんて、ただの幻想だ」と、自分はすべてわかっているみたいに言う人のことを、私は内心、軽蔑している。幻想を見る以上に楽しいことが、この世にどれだけあるのだろうか。幻想を幻想だと見切ることで、どれだけいいことがあるのだろうか。私にはそれは、「損をしないための生き方」「ささやかな得をする生き方」にしか見えない。ただの場所、ただの幻想、そこに輝きを見出せないひとは、どのようにして日々を楽しんでいるのだろう。どんな快楽がそこにあるのだろう。東京では、そんなふうに苛々することが多い。馬鹿じゃないの、という言葉を私は日に何度も飲み込んで暮らしている。

私は現実が好きじゃない。現実というものとずっとつきあっていかなくてはならないことを考えると、死にたくなる。稼いで食べて、稼いで家を借りて、ペダルを踏み続けなければならない現実。それを忘れられる時間がなければ、生きていけない。「いつか必ず死ぬ」ということを常に意識していると、おびえてしまってうまく生きられないのと同じように。

現実が好きじゃないから、自分を「ただの現実」に引き戻そうとする言葉に強い拒否反応を示しているのかもしれない。

東京に出てくるとき、私は刺激が欲しいと思っていた。その刺激は、楽しいもの、わくわくするようなもの、新しいものであると同時に、そうしたものにかなわない、追いつけない自分を叩きつぶしてくれるような、圧倒的なものだと想像していた。自分のことを、叩きつぶして欲しいと願っていた。中途半端な自分が嫌いだから、叩きつぶされて、小さなプライドや見栄や虚勢を全部捨てて、生まれ変わったようになりたいと願っていた。

けれど、東京は私を叩きつぶしてくれるほど、親切な街ではなかった。よく京都のひとは婉曲表現で嫌味や悪口を言う、と言われるけれど、東京にもそのような対人関係の作法がある。それは、ちょっとおかしなものや、場違いなものに対しては「その場では口にしない」という暗黙のルールだ。面と向かって罵倒したり、嘲笑したりするのはあくまでも田舎の作法で、東京では罵倒や嘲笑は表立っては行われず、ただ私はまるでそこに存在しないかのように、そっと黙殺されるだけだった。こっちを見てももらえなかった。
楽しいもの、わくわくするようなもの、新しいものは、私から際限なくお金を奪い取り、心をかき乱した。東京に来たのに、仲間には入れない、そんな感じだった。ただの場所だとは思えなかった。特別な場所にいる特別な人たちになりたかった。「刺激」は、求めていたようなものではなく、ただ心を渇かせ、表皮をめくりあげてひりつかせるようなものだった。そして、その刺激は決して、心の真ん中にとどめをさしてはくれないのだった。

今、私は東京の刺激とは、苛立ちなのではないかと思っている。うるさいほどの人の言葉に苛々し、態度に怒り、許せないラインを知ることで自分の中の正義の輪郭を感じること、おびただしい数のものの山の中を、片っ端から見て回り、アイデアの盗用や猿真似や妥協の産物に吐き気をもよおしながら、光り輝く本物を見つけ出すこと、そういうことが「刺激を受ける」ということに思える。そんなもの、できれば感じずに、平和な気持ちでいたいと思っているのに、同時に、苛立ち怒っていることこそが最前線にいることの証であるように思い込んでいて、それがなければ不安になる。苛立ちの、刺激の中毒になっている。苛立ち怒らなければ、好きなものの中で自分がふやけて溶けてしまいそうで、それは悪いことではないはずなのに、気持ちのいいことのはずなのに、そんな楽をしたら罰が下るんじゃないかと怖がっている。

刺激という苦痛を常に受け続けていなければ、そのぶんのツケがどこかで回ってくると考えている。

夢を持たなきゃいけない、と若者は思わされる。私も若い頃は、そう思わされていた。その「夢」というのは決して現実から逃避するようなものではなく、具体的な職業とか、理想的な生活とか、年収とか、そういう「叶えられる現実」のことを指しているのだ、と知っていた。

叶わない現実を夢見ることはできない。だから、本当の幻想の中に逃げ込むしかない。刺激と幻想の間で、ピンヒールの真っ赤な靴をはいて、軽やかな足取りで人ごみの中を歩き続ける。

指

男の腕が欲しい、と思う。自分の肩を抱いてくれる腕が欲しい、と思う。腕があれば、頭を預けられる肩や胸も欲しくなる。絡める足が欲しくなる。結局、四肢も顔も欲しくなり、男が欲しい、ということになってしまう。

「誰でもいいから」と思うのに、その「男」とは、結局いつも誰でも良くはなくて、私は男の、四肢どころか腕すら手に入れることはできない。

私の欲望は、抑制が効いている、と思う。

たとえば私は、実用に向かないものは買わない。どんなに美しくても、おそらく着る機会のない服。身につけないアクセサリー。使う、ということのない観賞用のインテリア雑貨、そういうものは買わないし、買うかどうか悩むときにまず最初に考えるのが「使うかどうか」だ。

そのことが、ひどくつまらないと思う。

私はバングルが好きだし、靴が好きだけれど、バングルは持っているわりには合わせにくくて使っていないものが多いし、靴はもう収納するスペースがない。そのことを理由に、新たに美しいバングルや靴を見つけても、当然のように買うのを諦める。「まだ使っていないもの」があるのに、新しいものを買うことを、まるで大きな罪のように考えている。「また使えないものを買ってしまうのではないか」という怖れがある。収納するスペースがないくらい持っているものは、だいたいもう、どういうものを持っているか覚えていられない。覚えていられないものは、思い出せないから、箱から取り出すこともない。私はそのことを後ろめたく思っている。綺麗な靴を、はかないまま取っていること。私が買ってしまったばかりに、その靴が活躍するチャンスを奪ってしまったように思えるのだ。

買ったものなのだから、どうしようと私の勝手だ、と思えればいいのに、使わないものが家の中にあることが、とても落ち着かない。

使う最小限のものだけを家に置くシンプルな暮らしや、無駄なものを買わない賢い暮らし、持っていることを忘れてしまうようなものは手放す身軽な暮らしが、「いいことなのだ」と、知らない間に思わされていて、本当に自分はそういう暮らしがしたいのかどうかなんて考えたこともない。ただ、家が狭いから、置くスペースがないから、必要のないものは処分したほうがいい、お金がないから、無駄なものは買わないで貯金したほうがいい、そう思っているだけなのだ。

自分の容量に合わせて、欲望の大きさをトリミングして、破綻《はたん》しないよう細心の注意を払っている。

それは、そんなに大事なことなのだろうか？　自分の容量を超える欲望を持たないことが？　収入と支出のバランスを取って、生活を偏らせずに生きることが？

バングルが好きなら、ほかのものになど目もくれず、バングルばかり百個でも二百個でも買えばいい。靴が好きなら、服に合わせられるかとか、長時間歩けるかとか細かいことを考えず、最高に好きだと思えるものを買えばいい。

たったそれだけのことが、どうしてできないのだろう。それをすることに、どうして大きなためらいを感じるのだろう。

私は、私の欲望を、自由にできていない。

それはもっと、身の丈を超えるようなものであったはずなのに。コントロールなど効かなくて、欲しくて欲しくて泣くほどに大きいものであったはずなのに。

もしかして、私は自分が、何が欲しいのかわかっていないのではないか、と思う。何が欲しいかわからないから、はっきり何かを、使おうが使うまいが、堂々と指差して手に入れることができないのではないか。

欲しいというはっきりした意志がないから、誰かの顔色をうかがうように、正しい生活とは何かをうかがうようにして、これを手に入れていいのだろうかと、欲しいかどうかではなく、何か許可のようなものが得られるかどうかを、手探りで確かめるようにして、手に入れているのではないか。

だとしたら、私の中に、揺るぎない欲望はあるのだろうか。

どうして、男の腕が欲しい、なんて思うのだろう。誰でもいいから、なんて思うのだろう。最初から、決まっているただ一人を指し示して「あなたが欲しい」と言えないのだろう。

欲望を拒まれることが、叶わないことが、どうしてこんなに怖いのだろう。

いちばん欲しいものが、はっきり言えないこと。

欲しいものを限りなく欲しがることができないこと。

私が、自分をつまらない人間だと思うのは、そういうところだ。

何かを欲しいと、まっすぐに指し示すことができたとき、それを手に入れてもなお、あれが欲しいと言えたとき、家の狭さや置き場所のことなど考えず、欲しかったものでいっぱいに埋め尽くせたとき、私は、自分を豊かな人間だと思えるだろうか。愚かな人間だと激しく後悔するだろうか。

どちらであっても、そうなれば、何の根拠もなく信じているぼんやりとした正しさからは、解放されるのかもしれない。

小さな部屋の窓から差し込む光だけで、すくすくと伸びるパキラの枝に、私はバングルをあふれるほどにひっかけてやる、とそっと誓う。

床に積み上げられた本の上に、さらに靴箱をどんどん載せてやる、と誓う。

どこまでも追いかけてくる、ぼんやりとした正しさの影から逃れるために。

東京

「ずーっと思ってるけど、この駅、動線最悪だよな」。混雑して自分の足元すら見えないような駅の階段で、そんな声が聞こえる。肩がぶつかっても、足を踏まれても、誰も謝らない。

誰もが、この街は自分のためにあって、だから自分を邪魔するもののほうが悪いのだ、と思っている。

そしてこの街が自分に奉仕してくれないのだとわかった瞬間、ここを去り、故郷に帰って家を建てたりする。そして「やっぱり子育てするなら、東京みたいに自然のない場所はちょっと」とか、「あんなに人が多くて、知らないやつと密着して電車に乗るのなんか嫌だよな」とか、言うのだ。

私の故郷を走る電車は、通勤ラッシュの時間帯に、カーブにさしかかったところで窓ガラスが人の重みに耐えきれずに割れたことがある。東京に比べたらそりゃあましなんだろうが、知らないやつと密着して電車に乗ることを避けて生きられる場所でもないし、人がいないところは、夜道を一人で歩くのすら怖い。自然は豊富だが、山や川は子供にとって危険な場所でもある。いいところや悪いところを都合のいいように強調すればそんな言い方もできるのだろうが、そういう言い方をする人は、東京に生まれ、東京で育ち、東京で今も生きている人たちのことを、何だと思っているんだろう、と思う。

はっきり言えばいいじゃないか、「東京が嫌いだ」と。

そうしたら私は、「そうなの、私は大好き」と、はっきり答えてやれるのに。そういうことを言う人たちが大嫌いな「標準語」で。


一年に一度、母と祖母が上京してくる。母は働いているので、来るのはいつも連休で、たったの二泊三日だ。私の家は狭く、客用のふとんなどないので、二人はいつもホテルに泊まる。ふとんを買え、とは言わないし、実家に余っているふとんを送ってきたりもしない。私に気を遣ってくれているのだ。

たったの二泊三日なのに、私は空港に迎えにも行かないし、待ち合わせにも遅れたりする。夜に別の予定があるからと、一緒に夕食をとらなかったりする。

たまに父が、仕事の関係で上京してくることもあるが、夕食をとる約束をして、「やっぱり行けない」と言ってしまったこともある。

家族との関係が悪いわけではない。何も恨んだりしてない。感謝しているし、好きだと思う。

けれど、それ以上に後ろめたくてたまらないのだ。

たぶん、もう、何か起こらない限り、一緒に生活することはないこと。

毎日顔を見て暮らすことはもうないこと。

なのに、困ったとき、自分が東京で食べていけなくなったとき、逃げ場として心の中で実家を頼っていること。

あんなところに帰るのは嫌だ、と言いながら、同時に、自分に故郷の悪口を言う資格なんかない、と思う。

嫌だ嫌だと言っておきながら、故郷を最後の保険にしている。帰る場所として頼っている。

恥ずかしくて、合わせる顔などあるものか、と思いながら、約束をすっぽかしたあとはいつも、家族がどんなにがっかりしているだろうと考えて、どうしてたったこれだけのことが、一年に一度や二度のことがちゃんとできないのだろうと、とめどなく泣いてしまう。

子供の頃、小さい女の子の誘拐事件があった。身代金を要求される類の事件で、女の子は無事に保護された。その女の子が母親にしっかりと抱きしめられる映像を、テレビで見たような記憶がある。

私はそれからしばらくの間、毎日のように「自分が誘拐されたら」という想像をした。誘拐されて、帰ってきたら、私も母のところにまっすぐ走っていって抱きつけるのだろうか、母も私のことを泣きながらきつく抱きしめてくれるのだろうか、と考えた。それは、とても甘美な想像だったけれど、そんな極端なことを想像しなければ、まっすぐ甘えることができないというのは、子供の頃からの自分の性格なのだろうと今は思う。

友達と集まってお酒を飲んでいたとき、誰かが「ねぇ、みんな貯金してる？」と言い出した。独身でこのまま生きていくのに、マンションも買えないのってまずいんじゃないの、とか、普通はいくらぐらい貯金してれば安心なの、とか、本当に怖い話をみんなで分かち合い、笑う。

泥酔した友達が、「魂に正直に生きるんだよ！」と立ち上がって叫びだし、店にいるほかのお客さんからの喝采を浴びる。

貯金もないくせに、私はおいしいものを食べ、好きな服を買い、お酒を飲み、本を買い、香水や化粧品を買い、美術館や映画館に行き、上等なタオルや石鹸を使い、自分のものにはならない家のために家賃を払って生きる。

どこまでが分相応で、どこからが分不相応なのか、私にはわからない。

いつか、そういう堅実ではない生き方に、天罰が下るだろうか。

砂の上を、幻を見ながら歩いているような暮らしに、破滅が訪れるのだろうか。来るなら来ればいい。私はそれまで、魂に正直に生きる。破滅が訪れることよりも、破滅に遠慮して、悔いの残るような選択をすることのほうがずっと怖い。

夜の零時を過ぎても混雑している電車に乗って、私は家に帰る。夜の零時を過ぎても開いているスーパーの前を通り、ときどきそこで売れ残ったものを買い、車も人も通る、明るい街灯のついている道を歩いて帰る。

高速道路のオレンジの灯りが遠くに見える。

私の行く先に道標のようなものがあるとしたら、ああいうものであってほしい、と思う。

オレンジ色の、点々とついたライトのような。

それに沿って、何もかも振り切るようなスピードで走ってみたい。

遠くで聞こえる車の音を聞きながら、そんな日を夢見ている。

眼差し

出かける準備にもたついて、家を出るのがまた遅れている。焦りながらも、左右のバランスの悪いチークが気になる。タイツの色も、バッグの色も、ピアスとネックレスのバランスも、何もかもがちぐはぐに感じる。前の日にちゃんと考えておけば良かった、と後悔しながら、前の日にそんな余裕がなかったこともわかっている。考えても、バランスの良い組み合わせで身につけられるものなど、この部屋には揃っていないことも。

とりあえず家を出なければ。こんな姿で外に出たくない、という気持ちをおさえこんで、息を吸って、ドアを開ける。タイトスカートが歩幅を狭くしていて、歩くのが遅いのがもどかしい。どうせ、もう、電車に乗っても間に合わない時間になっている。大きな通りに出たところで、じっと遠くを見つめ、空車の赤いランプを探し、威勢よく手を挙げる。

車に乗り込む瞬間、ふと、いつかこんな瞬間のことをなつかしく思い出すのだろう、と思う。そんなに無駄遣いできるほどお金を持っているわけではないけれど、困ったときにタクシーに乗れる程度に稼げていた時代のことを、いつか、あんなときもあった、と思い出す日が来るのではないか。化粧をし、いい服が欲しいと買いものに血道を上げ、年齢を重ねてたるんでゆく肌におびえながら、男が欲しい、愛が欲しい、お金が欲しい、と欲望まみれでもがき苦しみ、その苦しみの最中《さなか》でしか味わえない切迫した喜びを、骨の髄まで味わっていたときのことを。

幸せだとか、不幸だとか、喜びだとか苦しみだとか、その状況を指し示す言葉はひとつだとは限らない。幸せなはずの状況にいる人が、少し申し訳なさそうに、「幸せじゃないわけじゃないいんだけど」「恵まれてるってわかってるんだけど」と前置きしながら、ささやかな愚痴をいつも言うのはなぜなのだろう。恋愛のまっただ中にいる人が、不安や嫉妬で狂いそうになっているのはなぜなのだろう。

すべてを手に入れることなどできないし、いつまでも続くものなど何もないから、不安の上に幸せを積み重ね、それでもできる空白を、何かで埋め、何かでごまかし、なかったことにして、生きている。そんな状況を、死に脅迫されながら生きている状況を、ひとことで言えるはずなんてない。

余裕がなくて、雑で、ちぐはぐな今の暮らし。幸せだろうと、不幸だろうと、それをじっくりと味わっている時間はない。ただ、お腹がすいたときに急いで食べるみたいにして、気持ちを呑み込みながら、束の間の満腹感を感じ、またすぐにお腹をすかせる。何かを感じているつもりはなくても、ふと、真夏の陽射しを浴びているときに、月の見えない真夜中に、押し寄せてくるものがある。

虚しく孤独な日々でも、過ぎ去ってしまえば、そんなものを持ったまま生きていられるだけタフだったのだと感じる日が来るのだろうか。そんなことに心をわずらわせる余裕がまだあったのだと、感じる日が来るのだろうか。若かったのだとか、わかりやすい言葉で片付けてしまえる日が私にも来るのか。

苦く、甘く、息が苦しく、死ぬほど退屈で憂鬱で早く死んでしまいたいと思いながら、もっと、もっと深く溺れてみたいと思っている。もっとすごいものを味わってからじゃないと死ねないと思っている。希望、という清らかな言葉からもっとも遠い、長続きしない束の間の貪欲さ。

欲望が私の神で、それ以外に信じられるものはない。もっと、もっと、と神が耳元で囁き、私はその声に、中途半端にしか応えられない自分に苛立つ。もっと、もっと、破滅するほどに。そこまで行けたら、少しは違う自分になれていたのだろうか。なれるのだろうか。


車の中で、あったかもしれないもうひとつの自分の人生を想像する。自分のすべてを賭けのテーブルの上に乗せるような毎日を送る自分のことを。車の中は空調がきつく、空気がこもってむっとしている。汗ばんだ肌から毛皮の襟巻きを引きはがす。香水の匂いがする。

空虚な、無駄ばかりの生活。そんな自分を、どこか遠くから別の自分が見ている。進む道を選んでいるようで、本当は何一つ、選ぶことはできない。

誰も見ていないし、きっと、振り返る間もなく過ぎ去ってゆく。だから、見ていてやろうと思うのだろう。自分への愛情が私にあるとすれば、それは、その眼差しだけだ。さようなら、さようならと手を振りながら、過ぎ去った過去を片っ端から切り捨てなにごともなかったような顔をしながら、飢えて寂しがっている自分のことを、忘れずにいてやろうと思う。

車を降りて、私はまた、窮屈な一歩を踏み出す。

おわりに

私たちの生活には、イメージがつきまとう。出版の仕事をしていると、「マスコミって華やかな世界なんでしょう」と言われるし、独身だと言うと「みじめで寂しい生活をしている」と思われる。そうしたイメージのどれもが一部では当たっているし、一部では外れている。誰もがそうしたイメージから逃れることはできない。

東京の暮らし、というのはどういうものなのか。狭くて家賃の高い部屋、尋常でなく混雑する電車、つぎつぎと現われては消えてゆく、贅沢な品々。「かわいそう」と言われることもある。「住みたくはない」と言われることもある。その通りだと思うこともあるけれど、頷《うなず》くことはできない。それらの言葉は、自分の実感とはかけ離れているからだ。

住みやすい場所を求めて、東京にたどりついたわけではない。自分に合った街を求めて、東京を選んだわけでもない。そんな余裕のある気持ちで、じっくり考えて決めたことなんかじゃない。どんなイメージを持たれても、そのイメージ通りの答えを用意することなど、できない。

これは、私の実感で、ほかの誰かの実感とは違う。東京に住む人たちの実感を代表するものでは、ない。その実感を、私は誰にも譲り渡すつもりはないし、何を言われても東京を愛することをやめはしないだろう。

いつまで経ってもうまく言えない東京への愛着、住んでもなお満たされることのない渇望を書いていたら、自分の中の行き場のない気持ちがずるずると出てきた。東京は、私を開かせ、叩きのめし、苦しいほど強い力で抱きしめてくれる。

これから、どうなるのだろう。東京も、私も、絶え間なく変わってゆく。

＊本書は、二〇一三年六月から二〇一四年七月まで小社ホームページに連載した「東京」に、書き下ろしを加え、再編集したものです。

雨宮まみ

ライター。アダルト雑誌の編集を経て、フリーライターに。女性の自意識との葛藤や生きづらさなどについて幅広く執筆。女性性とうまくつきあえなかった頃を描いた自伝的エッセイ『女子をこじらせて』出版後、「こじらせ女子」がブームとなる。
他の著書に対談集『だって、女子だもん!!』（ポット出版）、『ずっと独身でいるつもり?』（KKベストセラーズ）、『女の子よ銃を取れ』（平凡社）、『タカラヅカ・ハンドブック』（新潮社）など。

東《とう》京《きょう》を生《い》きる

二〇一五年　四月三〇日　第一刷発行
二〇二〇年　六月二五日　第四刷発行

著者　**雨《あま》宮《みや》まみ**
発行者　佐藤　靖
発行所　大《だい》和《わ》書房
東京都文京区関口一‐三三‐四
電話：〇三‐三二〇三‐四五一一
装丁　木庭貴信（オクターヴ）
本文印刷所　厚徳社
カバー印刷所　歩プロセス
製本所　ナショナル製本

JASRAC 出 1503387-501

ISBN978-4-479-39274-3
乱丁・落丁本はお取り替えいたします。
http://www.daiwashobo.co.jp